Coin du Livre

CHAT SAUVAGE

DU MÊME AUTEUR

Mon cheval pour un royaume, roman, Leméac
Jimmy, roman, Leméac
Le Cœur de la baleine bleue, roman, Leméac; Bibliothèque québécoise
Faites de beaux rêves, roman, Bibliothèque québécoise
Les Grandes Marées, roman, Leméac; Babel n° 195
Volkswagen blues, roman, Québec/Amérique
Le Vieux Chagrin, roman, Leméac/Actes Sud; Babel n° 151
La Tournée d'automne, roman, Leméac; Babel n° 219

Jacques Poulin

CHAT SAUVAGE

roman

LEMÉAC /ACTES SUD

Nous remercions le Conseil des Arts du Canada de l'aide accordée à notre programme de publication, ainsi que la SODEC pour son soutien à l'édition.

Toute adaptation ou utilisation de cette œuvre, en tout ou en partie, par quelque moyen que ce soit, par toute personne ou tout groupe, amateur ou professionnel, est formellement interdite sans l'autorisation écrite de l'auteur ou de son agent autorisé. Pour toute autorisation, veuillez communiquer avec l'agent autorisé de l'auteur: John C. Goodwin et ass., 839, rue Sherbrooke Est, bureau 200, Montréal (Québec), H2L 1K6.

Tous droits réservés pour tous les pays. Toute reproduction de ce livre, en totalité ou en partie, par quelque moyen que ce soit, est interdite sans l'autorisation écrite de l'auteur et de l'éditeur.

© LEMÉAC ÉDITEUR, 1998
ISBN 2-7609-1867-X

© ACTES SUD, 1998
pour la France, la Belgique et la Suisse
ISBN 2-7427-1714-5

Illustration de couverture:
Théophile-Alexandre Steinlen
Chat violet
Musée de la Publicité, Paris
© AKG Photo, Paris, 1998

Où va la beauté qui s'efface,
Où va la pensée, où s'en vont
Les défuntes splendeurs charnelles?...
Chatte, détourne tes prunelles;
J'y trouve trop de noir au fond.

Charles Cros, *Le Coffret de santal*.

1

UN ÉTRANGE VISITEUR

Mon ancêtre le plus lointain est assis dans une cage de verre au musée du Louvre, dans la section des Antiquités égyptiennes, et les visiteurs tournent autour de lui, intrigués par l'étrange douceur qui éclaire son visage depuis quatre mille ans.

Tout le monde l'appelle le *Scribe accroupi*. Vêtu seulement d'un pagne, un papyrus en travers des genoux, il regarde son maître avec une patience infinie et se prépare à noter les paroles qui vont tomber de sa bouche.

Cette douceur, cette patience ont fait que je l'ai choisi pour modèle. Une photo de lui est affichée sur le mur, en face de ma table de travail, et je la regarde souvent dans la journée. C'est ce que j'étais en train de faire, un soir vers six heures, juste avant de fermer mon bureau, lorsque tout à coup j'entendis le grincement du portail, des pas dans l'escalier et un bruit de chaise dans la salle d'attente.

Étonné de cette visite tardive, je traversai le couloir et ouvris la porte de la salle. Sur la dernière chaise était assis un vieil homme aux cheveux blancs, les sourcils en broussaille. Il tenait sur ses genoux un imperméable gris et un chapeau cabossé. La cigarette qu'il avait au coin de la bouche était éteinte. Il semblait perdu dans ses pensées et ne tourna même pas la tête vers moi. Je compris que ce n'était pas un client ordinaire.

— Entrez, dis-je.

Il me regarda brièvement et passa dans mon bureau où il s'assit sans un mot. Je sortis du tiroir un bloc de papier à lettres et ma vieille plume Waterman.

— Que puis-je faire pour vous?

— J'ai vu votre plaque en passant dans la rue, dit-il après un moment d'hésitation. Puis il se tut. Sous ses épais sourcils blancs, il avait des orbites très profondes et ses yeux mi-clos me regardaient fixement.

Je tentai de soutenir son regard. Bien que j'exerce ce métier depuis de nombreuses années, les clients m'impressionnent encore, me font souvent battre le cœur, et je n'ose pas tout de suite les regarder en face.

— Et alors? fis-je.

— Vous êtes si jeune..., dit-il.

Sa remarque me fit sourire, j'avais tout de même cinquante ans.

— Vous savez, la jeunesse n'est pas une infirmité!

Je comptais sur cette blague usée pour détendre l'atmosphère, mais ce ne fut pas une réussite. Au contraire, pendant une fraction de seconde, il me sembla voir une lueur étrange dans les yeux du vieil homme. Quittant mon fauteuil pivotant, je me rendis à la fenêtre et, comme si nous avions l'éternité devant nous, je pris le temps de contempler le jardin avec sa haie de chèvrefeuille qui commençait à reverdir, le cerisier japonais et le bouleau aux branches nues, la table et les chaises en métal blanc. Petite Mine était assoupie sur le seuil en bois de la remise.

La chatte m'aperçut et s'étira longuement dans la lumière oblique du soleil. Je m'étirai un peu moi aussi. Puis, sans me retourner et sur un ton aussi neutre que possible:

— Vous voulez écrire à quelqu'un? demandai-je.

— Oui, dit-il. A ma femme.

Les gens viennent me voir le plus souvent pour des curriculum vitæ ou pour des lettres officielles, qui exigent un vocabulaire particulier et des formules conventionnelles. Mais il y a aussi des gens qui viennent pour des lettres d'amour : ceux-là sont toujours hésitants, ils ont l'air d'avoir des secrets ou de vieilles blessures et il ne faut surtout pas les brusquer.

Je regagnai mon fauteuil.

— Votre femme? repris-je doucement.

— C'est ça, dit-il.

— Elle est... partie?

— Oui.

Je décapuchonnai ma Waterman et me penchai sur mon bloc à écrire pour indiquer au vieil homme que j'attendais la suite, mais il se renferma dans son silence. De l'étage supérieur me parvint alors un bruit de casseroles : mon amie Kim commençait à préparer le souper et se demandait sans doute ce qui m'empêchait de monter chez elle.

Sans manifester la moindre impatience, je demandai :

— Vous avez son adresse?

— Évidemment, puisque je veux lui écrire!

— Excusez-moi...

Il avait haussé le ton et me regardait avec méfiance. Je pris un air confus et renonçai à l'adresse de l'épouse; elle n'était pas indispensable. En revanche, il me fallait connaître la cause de son départ, sa situation actuelle, son caractère, ses sentiments et ceux du vieil homme. Les renseignements habituels, en somme.

Je commençai par une question générale :

— Voulez-vous me parler un peu de votre femme?

C'est à ce moment précis que Petite Mine, qui avait grimpé au bouleau et rampé jusqu'au bout d'une branche, sauta sur le rebord de la fenêtre et se mit à miauler en s'appuyant contre la vitre. J'allai lui ouvrir la fenêtre.

— Tout compte fait, dit le vieil homme en se levant, je reviendrai une autre fois.
— Vous êtes sûr? demandai-je.
— Oui.
— Bien. Je vais vous donner un rendez-vous.
— C'est pas nécessaire.

Il mit son imperméable, qui était de coupe militaire avec de larges revers, des pattes d'épaule et une ceinture qu'il attacha en faisant un nœud, puis il sortit sans dire au revoir, son chapeau à la main, et je l'entendis descendre l'escalier.

Petite Mine se frottait à mes jambes.

— Tu vois ce que tu as fait? lui dis-je.

Elle ronronna. C'était une jeune chatte, noire avec des taches blanches, très intelligente. Elle devinait toujours l'heure des repas et savait comment s'y prendre pour me convaincre de monter chez Kim. Je la pris dans mes bras et lorsque je sortis du bureau, j'eus l'impression comme d'habitude que le *Scribe* me suivait des yeux.

2

KIM

À peine engagé dans l'escalier menant chez Kim, je la vis sortir de son appartement et descendre les premières marches. Elle portait un de ses fameux kimonos en soie bleue qui lui avaient valu son surnom. Chaque fois qu'elle pliait le genou pour descendre une marche, l'éclat de lumière qui jaillissait de son vêtement était une fête pour les yeux.

Elle tenait avec précaution, de ses deux mains enfoncées dans des gants antichaleur, une casserole en pyrex d'où s'échappait une bonne odeur que je connaissais bien.

— J'ai fait un pâté chinois! déclara-t-elle.
— Ça se sent! dis-je.

Chez moi, elle posa la casserole au milieu de la table de la cuisine, sur un dessous-de-plat, et le fumet se répandit dans toute la pièce. Ensuite elle mit ses bras autour de moi, me tapota le dos avec ses gros gants, puis elle me serra très fort. Ses rondeurs molles et généreuses s'étalèrent sur ma poitrine, effaçant les fatigues de la journée. Immobile, les yeux fermés, je faisais durer le plaisir, mais elle desserra les bras.

— Ça s'est bien passé, ton travail? demanda-t-elle.
— Assez bien, dis-je.

Je ne pouvais pas lui poser la même question, car nous avions un horaire différent. Elle était une sorte de thérapeute: elle soignait les gens qui avaient du mal à vivre, et c'était souvent le soir, et parfois même la nuit, que ses clients avaient besoin de ses services. Bien qu'elle fût, par sa formation, une disciple de Jung, elle utilisait une méthode personnelle de traitement, qui faisait appel à des moyens tant physiques que psychologiques. Quand ils venaient chez elle pendant la nuit, les patients étaient invités, pour déranger le moins possible, à emprunter l'escalier de secours qui allait du jardin jusqu'à son appartement au deuxième étage.

Elle me servit une grosse portion de pâté chinois, s'en versa une plus modeste parce qu'il s'agissait de son déjeuner, et servit une part encore plus petite à la chatte, qui avait déjà mangé des croquettes. Pour que le pâté refroidisse plus vite dans mon assiette, je le divisai en quatre sections, entre lesquelles je versai une coulée de ketchup Heinz.

— C'est très bon! dis-je en avalant une petite bouchée.

— Merci, dit-elle. Tu as été retardé?

— Oui. J'ai eu une visite bizarre. Jusque-là, la journée avait été très ordinaire: trois curriculum vitæ, une demande d'emploi pour un poste de fonctionnaire, une révision de texte pour la revue des anciens de l'université Laval, et j'avais fait un peu de traduction dans mes temps libres...

— La routine, quoi.

— Et puis ce vieux bonhomme un peu étrange est arrivé...

— Un peu étrange? Comment ça?

Pour satisfaire notre curiosité mais aussi par esprit d'entraide, nous avions l'habitude de nous raconter nos journées. Je lui décrivis le Vieil Homme, ses hésitations, son regard inquiétant. Ensuite, pour faire l'intéressant, je me mis à inventer toutes sortes de détails, si bien que mon visiteur devint un personnage mystérieux dont l'âme ténébreuse abritait des secrets capables de bouleverser ma vie.

Les yeux de Kim brillaient comme des néons et je vis clignoter une petite lumière m'avertissant que son instinct de mère poule était réveillé. Elle craignait qu'il ne m'arrive des ennuis. Comme elle avait cessé de manger, Petite Mine en profita pour sauter sur la table et vider son assiette. Mon rythme cardiaque s'accéléra, mais revint à la normale au bout de cinq secondes : cela arrivait souvent depuis l'opération.

En attendant l'heure de remonter chez elle pour son travail, Kim s'allongea avec moi sur mon sofa en cuir où l'on s'enfonçait comme dans un canot pneumatique mal gonflé. Elle me fit mettre sur le côté, le dos tourné et les genoux fléchis et se coucha derrière moi. Petite Mine vint nous rejoindre et se blottit contre mon ventre. Kim poussa ses genoux derrière les miens, m'entoura de ses bras et glissa ses mains toutes chaudes sous mon chandail ; la chatte se mit à ronronner bruyamment, lui faisant savoir que nous ne pouvions pas être mieux installés.

Quand elle me quitta, je n'en sus rien, je dormais.

3

LUMIÈRES DANS LA NUIT

Dans un demi-sommeil, j'entendis résonner les pas d'un patient qui montait l'escalier de secours. Un petit sentiment de jalousie me pinça le cœur et acheva de me réveiller. C'était un sentiment mesquin, mais je ne pouvais m'empêcher de l'éprouver chaque fois que des ombres entraient dans le jardin, la nuit, et se faufilaient par l'escalier de fer.

Impossible de me rendormir. Je m'habillai et sortis pour me promener dans le Vieux-Québec. C'était la pleine lune et, dans l'espèce de marais qui semblait exister au fond de mon âme, je sentais bouger des choses troubles sur lesquelles je ne pouvais même pas mettre un nom.

Après avoir monté l'allée qui menait à la rue Saint-Denis, je grimpai le talus herbeux jusqu'aux murs de la Citadelle. De là, en me retournant, je vis qu'il y avait de la lumière à l'étage supérieur de la maison de briques rousses que nous habitions, Kim et moi, au bout de l'avenue Sainte-Geneviève. Ce n'était pas encore l'été, je frissonnais sous la fraîcheur de l'air.

La nuit commençait à peine. Entre les tours illuminées des grands hôtels situés à l'ouest du Parlement, et le diadème vert et jaune qui couronnait le Château Frontenac au bord du fleuve, la vie nocturne se manifestait par les fenêtres éclairées, les phares de voitures se coulant dans les rues, et les reflets de lune s'accrochant aux toits en tôle. Un jour, Kim avait raconté que, dans la religion manichéenne, la lune était considérée comme un navire ayant pour mission, une fois par mois, de prendre à son bord l'ultime étincelle de vie des gens qui allaient mourir, pour la transporter jusqu'au soleil, évitant ainsi qu'elle ne fût à tout jamais perdue.

C'est à cette légende, et à mon frère mort depuis peu, que je songeais tout en suivant le pourtour en forme d'étoile de la Citadelle. Sur mon chemin, je franchis une étroite passerelle en métal qui donnait accès au parc des Champs de Bataille où j'allais souvent me promener, mais tout à coup une envie d'aller manger un sandwich dans un restaurant de la rue Saint-Jean me fit obliquer à droite et je m'engageai dans le sentier d'herbe rase qui serpentait sur le haut des murs.

Le sentier n'étant éclairé que par la lune, je regardais où je mettais les pieds, car il fallait enjamber des embrasures. En arrivant à la porte Saint-Louis, je crus entendre du bruit mais je n'y fis pas attention. Je descendis les trois marches qui menaient à une enceinte à ciel ouvert, limitée sur deux côtés par des tourelles et des murs à créneaux, et soudain je constatai qu'il y avait du monde autour de moi. Des gens s'étreignaient dans les coins; d'autres étaient allongés sur des cartons ou sur de vieux matelas; certains étaient assis, enveloppés dans des couvertures, une bouteille entre les genoux. Quelques-uns tournèrent la tête vers moi et je sentis leurs regards me vriller le dos tandis que je me dépêchais de quitter l'enceinte. J'atteignais la sortie quand une large silhouette me barra le passage, et quelque chose comme un couteau ou une seringue brilla un instant sous la lune.

Une voix basse et rocailleuse ordonna :
— Ton fric !

L'ordre était accompagné d'un geste menaçant. Je sortis mon portefeuille de la poche arrière de mon jean et l'individu me l'arracha des mains. Je commençais à distinguer ses traits : il avait un visage carré et barbu, et une tuque enfoncée jusqu'aux oreilles.

— Regarde, dit-il en exhibant mes billets, on prend juste l'argent. On prend pas les papiers ni les cartes de crédit. On n'est pas des voleurs, on est des chômeurs et, en plus, on est à la rue. Ici, c'est chez nous, alors on te fait payer un droit de passage, tu comprends?

J'avais une boule dans la gorge. Je me contentai de faire signe que je comprenais. Quand il me rendit mon portefeuille, je trouvai pourtant la force de demander :

— Vous ne pourriez pas m'en laisser un peu?
— Pour quoi faire?
— Parce que... j'allais vers la rue Saint-Jean et j'avais l'intention de manger un sandwich quelque part.
— Quel genre de sandwich?
— Un sandwich au jambon laitue-mayonnaise avec un chocolat chaud, dis-je d'une seule traite.
— Tu ne vois pas que nous avons beaucoup de bouches à nourrir? fit-il. Sa voix était pleine de reproches et il faisait un large geste pour désigner ses compagnons d'infortune.

À un certain moment, il tourna la tête de côté et je me rendis compte qu'une femme se tenait derrière lui et lui parlait à l'oreille. Avançant la main, elle éclaira les billets au moyen d'une lampe de poche à peine plus grosse qu'un stylo. L'homme prit un billet de dix dollars et me le donna :

— Tu vois, dit-il, on n'est pas des sauvages.
— Merci, dis-je. Je glissai l'argent dans la poche de mon jean.

— Et puis, ajouta-t-il, la prochaine fois on te reconnaîtra et tu n'auras rien à payer.

La femme m'éclaira brutalement le visage et je compris que ce geste servait à m'identifier afin de me reconnaître par la suite. Puis ils s'écartèrent, me laissant la voie libre. À moitié aveuglé par le jet de lumière, je trébuchai en grimpant l'escalier de sortie et je m'éloignai le plus vite possible. Je courus pendant un moment puis il me fallut ralentir : j'étais essoufflé, j'avais mal au dos et ça battait fort dans ma poitrine. Je m'arrêtai et posai un genou dans l'herbe humide du sentier.

Je n'avais pas tout à fait repris mon souffle quand mon attention fut attirée par un bruit de voix qui montait du parking de l'Esplanade. Une conversation se déroulait entre deux personnes assises dans une calèche garée près du mur, sous un lampadaire. J'étais curieux de savoir ce qui se passait : il était anormal qu'un cocher fût au travail à cette heure tardive, car la saison touristique n'était pas commencée.

Le cocher, assis de travers sur le siège avant, se retourna vers l'autre personne. Je reconnus aussitôt le Vieil Homme un peu étrange qui m'avait rendu visite. Il n'y avait aucune confusion possible : son chapeau ressemblait, en plus petit, à celui que John Wayne portait dans *Rio Bravo*. Quant à la personne avec laquelle il parlait, je n'en apercevais que les pieds, le reste étant dissimulé par la capote de la calèche. Et comme ces pieds, chaussés de sandales et posés sur le siège central, étaient petits et très fins, il devait s'agir d'un enfant ou d'une jeune fille.

Le ton de leur conversation monta. Je saisissais un mot, un bout de phrase par-ci, par-là, et après un moment je crus comprendre que la jeune personne avait quitté le domicile familial et refusait d'obéir au Vieil Homme ; celui-ci semblait être son grand-père, mais à vrai dire je n'en savais rien.

Après un haussement d'épaules qui trahissait une certaine lassitude, le Vieil Homme fit claquer sa langue, tira sur les rênes du cheval et la calèche s'ébranla. Elle sortit du parking et vira à gauche dans la rue d'Auteuil. Je me dirigeai moi aussi de ce côté, en suivant le sentier tracé sur le haut du mur. Sans doute allait-elle passer sous la porte Kent et, plus loin, descendre la côte d'Abraham pour regagner les écuries, qui se trouvaient à la basse-ville. Le cheval était gris ou peut-être blanc et, comme il boitait un peu, le rythme brisé de ses pas dans la nuit éveillait un sentiment de mélancolie.

Au moment où la calèche prenait la direction de la porte Kent, la personne assise à l'arrière sauta du véhicule et fonça vers la rue Dauphine sans se retourner. C'était une très jeune fille. Elle portait un tee-shirt pâle et un jean. Curieux de voir où elle allait, je pressai le pas, dévalai le talus qui se trouvait juste avant la porte et m'élançai à sa suite. Je la suivis jusqu'au coin de la rue Sainte-Ursule, puis je m'arrêtai brusquement, me demandant pourquoi je me conduisais de cette façon, moi qui avais l'habitude de me mêler de mes affaires. Mais la fille était là, tout près, de l'autre côté de la rue.

Elle me tournait le dos. Je la vis se hausser sur la pointe des pieds et frapper plusieurs coups au carreau d'une fenêtre; quelques instants plus tard, la fenêtre s'ouvrit et quelqu'un lui tendit un trousseau de clés. J'attendis au coin de la rue qu'elle fût entrée dans la maison, puis je m'approchai de cet endroit. C'était le numéro 19. Une porte encadrée de deux colonnes blanches. D'après l'enseigne, il s'agissait d'une auberge de jeunesse.

Bien que j'aie pas mal voyagé dans ma vie, je n'avais jamais mis les pieds dans une auberge de jeunesse. Je me plaisais à penser que les jeunes y étaient accueillis par une grosse femme aux joues rouges qui leur servait un grand bol de soupe aux nouilles et au poulet dans une salle commune réchauffée par un feu de cheminée, pour leur faire oublier non seulement les fatigues du voyage mais aussi leur enfance meurtrie, leur famille désunie et leurs rêves brisés.

L'image de la femme aux joues rouges et de la bonne soupe aiguisa mon appétit et, comme la jeune fille ne reparaissait pas, je me hâtai de descendre la pente raide aboutissant à la rue Saint-Jean. Je mangeai mon sandwich au jambon laitue-mayonnaise au restaurant Tatum parce qu'on pouvait y manger debout, ce qui m'évitait des douleurs lombaires, et parce que je connaissais une des serveuses. En réalité, je ne la connaissais pas très bien, juste assez pour qu'elle me dise bonjour ou bonsoir avec une petite flamme au fond des yeux et qu'elle me demande si tout allait bien pour moi. Dans le Vieux-Québec, il y avait plusieurs endroits de ce genre où je trouvais un peu de chaleur humaine et où les gens, sans connaître mon nom ni mon occupation, me tenaient lieu de famille et d'amis : le Chantauteuil, le marché Richelieu, la librairie Pantoute, la tabagie Giguère, l'épicerie Richard, le Relais de la place d'Armes.

Après avoir avalé mon sandwich et bu mon chocolat jusqu'à la dernière goutte, toujours un peu amère, je rentrai chez moi en faisant un crochet par la rue de la Fabrique afin d'éviter les côtes abruptes. L'horloge de l'Hôtel de Ville marquait deux heures et demie. Les rues étaient presque désertes ; mais lorsqu'en sortant des arcades du Château, je m'arrêtai un instant pour admirer la valse lente des lumières dans l'eau du fleuve, je vis que, sur la terrasse Dufferin, des ombres rôdaient un peu partout, autour des kiosques et dans les coins obscurs, à la recherche sans doute d'une âme sœur.

Tout le temps que je remontai l'avenue Sainte-Geneviève pour rentrer chez moi, une question me trottait dans la tête : je me demandais si la lumière du deuxième étage serait encore allumée. En arrivant à la maison, je vis qu'elle l'était.

4

LE RELAIS DE LA PLACE D'ARMES

Pendant les jours qui suivirent, je fus incapable d'oublier le Vieil Homme. Chaque fois que j'entendais les trois signaux habituels: le grincement du portail, le craquement des marches dans l'escalier intérieur et le bruit de chaise dans la salle d'attente, je me disais en retenant mon souffle que c'était peut-être lui qui revenait comme il l'avait promis.

À six heures, je retardais le moment de fermer mon cabinet, espérant le voir arriver à la dernière minute. Et le soir, quand je mangeais avec mon amie Kim, il m'était pénible d'avoir à lui dire que mon attente avait été vaine.

Je n'en continuais pas moins d'accomplir consciencieusement mon travail. Je ne rechignais pas à rédiger les demandes d'emploi et les curriculum vitæ, pour lesquels d'ailleurs je possédais une série de formules toutes faites, soigneusement rangées dans la mémoire de mon ordinateur. Je prenais un certain plaisir aux travaux de traduction et de révision. Et j'apportais un soin particulier aux lettres personnelles et surtout aux lettres d'amour.

Après être tombées en désuétude, les lettres d'amour commençaient à retrouver la faveur du public. Pour répondre à cette demande, j'avais inventé une méthode spéciale. Une méthode dont j'évitais de parler aux clients pour la simple raison qu'elle était inacceptable d'un point de vue moral. Elle consistait à insérer dans mes lettres certaines phrases que j'avais choisies dans la correspondance amoureuse des auteurs célèbres: ces phrases forgées par des esprits plus brillants que le mien, et qui avaient survécu à l'épreuve du temps, semblaient avoir la capacité d'émouvoir les destinataires. Et ma clientèle, apparemment satisfaite, tendait à s'élargir.

Le Vieil Homme ne se montra pas de toute la semaine et ma curiosité ne fit que croître au fil des jours. Le samedi matin, pendant que Kim dormait encore, je partis à la recherche de mon étrange visiteur.

D'abord je me dirigeai vers l'Esplanade, puisque c'était là que les cochers garaient leur calèche en attendant leur tour d'aller solliciter les clients à la place d'Armes. En haut de la rue d'Auteuil, mon cœur se serra quand je passai devant la maison aux boiseries vertes où René Lévesque avait habité: le printemps était partout dans l'air et je trouvais particulièrement injuste que cet homme ne fût pas là pour en profiter, lui qui aimait tant la vie et qui avait fait naître, dans l'âme des Québécois, un espoir plus vivace que tous les printemps du monde.

La calèche du Vieux ne se trouvait pas sur l'Esplanade. Je continuai à descendre la rue, séduit un moment par la rondeur bleutée des Laurentides qui se découpaient dans le lointain, puis je tournai à droite dans la rue Sainte-Anne. De là, j'aurais pu me rendre à la place d'Armes les yeux fermés, me guidant uniquement sur l'odeur du crottin de cheval, car cette rue était le parcours obligé de toutes les calèches.

Un coup d'œil à la file des calèches garées le long du trottoir de droite, près de l'ancien Palais de Justice, me suffit pour constater que celle du Vieux n'était pas là. L'idée me vint alors que la vieille Marie serait peut-être en mesure de m'aider. Marie était serveuse et je la connaissais depuis l'époque lointaine où, venant d'un village situé près de la frontière américaine, j'étais arrivé à Québec pour étudier les Lettres à l'université Laval. Elle travaillait au Relais de la place d'Armes : c'était tout près, dans le grand bâtiment au toit vermillon, alors j'entrai.

Le restaurant était divisé en deux sections : une double rangée de banquettes, et un long comptoir. La vieille Marie se trouvait derrière le comptoir ; un café fumait en face d'elle et elle avait son sourire spécial. Je ne sais pas comment elle s'y prenait, mais elle me voyait toujours venir de loin. Quand j'arrivais, mon café était déjà servi, lait et sucre à côté de la tasse, et elle avait son petit sourire entendu.

Les cheveux roux et surmontés d'une coiffe blanche, elle était accoudée au comptoir, un livre entre les mains. Je pris place sur un tabouret vis-à-vis d'elle, j'ajoutai le lait et le sucre et bus une gorgée de café. Son livre était un roman, *Une saison ardente* de Richard Ford, et d'après la serviette en papier qui lui servait comme toujours de signet, sa lecture était très avancée.

— Voulez-vous manger quelque chose ? demanda-t-elle.

— Non merci, dis-je. Mais le café est très bon.

— Ça va, les écritures ?

— Pas trop mal.

Elle ne savait pas ce que j'écrivais et elle ignorait probablement qu'il existait des écrivains publics : cela faisait partie des choses dont nous ne parlions jamais et, pour ma part, qu'elle eût la gentillesse de me demander des nouvelles de mon travail me suffisait amplement.

Je lui dis :

— Vous avez presque fini votre livre...

— Oui, dit-elle. Maintenant je lis seulement une ou deux pages à la fois parce que je voudrais que la fin n'arrive jamais.

— Ça vous plaît à ce point-là?
— C'est une merveille!... Pourquoi riez-vous?
— Parce que j'aurais employé le même mot.

Le roman de Ford était l'un de mes préférés. C'était une histoire qui se passait à Great Falls, dans le Montana, un été où toute la région était dévastée par des incendies de forêt. Le narrateur était un jeune garçon. Cet été-là, tout allait de travers: son père se retrouvait au chômage et devait s'éloigner de la maison pour chercher du travail; sa mère, d'ordinaire si raisonnable, tombait alors amoureuse d'un autre homme. Une histoire peu originale, mais elle était racontée sans un mot de trop et surtout sans recourir ni à la psychologie, ni à la sociologie, ni au détestable monologue intérieur: l'auteur s'en tenait à des choses concrètes, et il décrivait les incendies de forêt avec une telle précision que, à la fin de l'histoire, le lecteur avait le sentiment qu'on lui avait dépeint les passions qui ravageaient la vie des personnages. C'était une réussite complète, une véritable merveille.

Richard Ford était un des auteurs que je relisais de temps en temps dans l'espoir d'améliorer ce que j'appelais ma «petite musique», je veux dire mon écriture. Je lisais aussi Modiano, Carver, Gabrielle Roy, Emmanuel Bove, Rilke, Brautigan, Chandler et plusieurs autres écrivains dont le point commun était d'avoir une écriture à la fois sobre et harmonieuse.

De voir que la vieille Marie partageait mes goûts, mon plaisir était si grand que je faillis oublier le motif de ma visite. Au moment de sortir, je revins la voir pour lui demander si elle n'avait pas remarqué la présence d'un nouveau caléchier.

— Un vieux bonhomme avec un drôle de chapeau, précisai-je.

— Je l'ai vu, dit-elle après quelques instants de réflexion, mais ce n'est pas un nouveau. Il était là dans le temps. Seulement vous l'avez oublié, c'est votre mémoire qui vous joue des tours. En plus, il vous ressemble un peu... Vous ne trouvez pas?

— Pas vraiment... Vous ne vous souvenez pas de son nom, par hasard?

Pendant que, le regard soudain embrumé, elle faisait un effort pour se souvenir, je me mis à penser qu'elle n'était peut-être pas si éloignée de la vérité, car le Vieux avait une certaine ressemblance avec mon père: un long visage maigre et des yeux gris-bleu où traînait un soupçon de mélancolie.

— Non, dit-elle, je n'arrive pas à me rappeler.

— Comment faire pour le savoir?

— Il y a peut-être un moyen...

La phrase resta en suspens, et Marie, un sourire au coin des lèvres, fit semblant de se replonger dans sa lecture. Finalement je demandai:

— Quel moyen?

— Tous les caléchiers doivent remplir une fiche au moment où ils demandent leur permis de conduire. Cette fiche se trouve quelque part dans un classeur à l'Hôtel de Ville.

— Et vous pensez que je pourrais la consulter, cette fiche?

— Sûrement pas, mais moi je pourrais: je connais quelqu'un.

— Vous feriez ça?

— Bien sûr. En souvenir du bon vieux temps!

Quand elle disait «le bon vieux temps», avec son sourire timide, la vieille Marie faisait allusion à la fin des années 1960, lorsque l'université se trouvait encore dans le Vieux-Québec et que, surtout dans les cafés et les boîtes à chanson, on sentait passer un vent de liberté qui annonçait l'écroulement des valeurs anciennes. Ma vie, en ce temps-là, avait été insouciante, sinon heureuse. Cependant, je ne regrettais pas cette époque, l'expérience m'ayant appris qu'il fallait se méfier de la nostalgie et qu'il était plus sage de profiter autant que possible du temps présent. Le problème était que je n'y arrivais pas toujours.

5

RENCONTRE DANS UNE LIBRAIRIE

Tous les ans, à la maison où je vivais avec Kim, le retour du printemps était annoncé par trois signes infaillibles.

D'abord, Petite Mine reprenait sa place au sommet de l'Arbre à chats. Ce que nous appelions l'Arbre à chats était en réalité un pied de vigne vierge qui avait le même âge que la maison. Les ramifications de cette vigne couraient sur toute la surface du mur de briques, côté jardin. Sur les premières branches, une demi-douzaine de planchettes en bois avaient été fixées à diverses hauteurs, et les matous du voisinage, qui faisaient la cour à Petite Mine, venaient s'y percher ; la chatte avait sa place réservée sur la planchette du haut.

Deuxièmement, le vagabond, plus ou moins philosophe, qui passait toujours l'hiver à Key West, en Floride, et que nous surnommions le Gardien, était revenu dans le Vieux-Québec. Il occupait comme d'habitude mon minibus Volkswagen, ordinairement garé en haut de la rue Saint-Denis ; il considérait le Volks comme son domicile personnel.

Troisièmement, ceux de mes clients qui venaient me voir pour des lettres personnelles, éprouvant sans doute le besoin de renouer des relations interrompues par l'hiver, retrouvaient le chemin de mon bureau. C'étaient la plupart du temps des gens ordinaires, et j'étais heureux de les revoir.

Mon agenda commençait à se remplir. À la moindre occasion, toutefois, j'allais me promener dans le quartier après avoir laissé un mot d'excuse sur le portail du jardin. La mince silhouette du Vieil Homme occupait toujours mon esprit, mais puisque Marie s'efforçait de retrouver sa trace, j'étais bien obligé d'attendre qu'elle me donne des nouvelles. Pour ne pas avoir l'air de la relancer, j'évitais la place d'Armes et les alentours. Ce dont je ne me privais pas, en revanche, c'était de faire la tournée des librairies : je cherchais soit des recueils épistolaires pour mon travail, soit des romans que je lisais pour la «petite musique» ou pour apprendre à vivre, ou tout simplement pour le plaisir d'explorer un autre univers.

J'entrai dans une librairie de la rue de la Fabrique. Sans un regard pour les derniers best-sellers, je me dirigeai vers la section de littérature américaine. Tandis que je passais devant les rayonnages qui couvraient le mur du côté droit, un mot me sauta aux yeux puis disparut aussitôt : le mot MÈRE. Quand les livres sont debout, serrés les uns contre les autres, il est difficile de lire les titres, alors on dirait que certains mots nous font signe.

Je revins sur mes pas et je pris le temps de chercher le livre qui avait capté mon attention, mais déjà, battant en retraite, il était rentré dans les rangs, comme effrayé de sa propre audace. Alors je me mis à lire, un à un, tous les titres se trouvant à la hauteur de mes yeux et, au bout d'une dizaine de minutes, je découvris celui qui m'avait signalé sa présence : c'était un livre de Saint-Exupéry, *Lettres à sa mère*.

Je pris ce livre dans mes mains, laissant glisser les pages sous mon pouce. Par déformation professionnelle, je cédai à la tentation d'examiner les «formules d'appel» et les «formules de politesse», comme nous disons dans notre jargon. Dans ses premières lettres, Saint-Exupéry s'adressait à sa mère en lui disant «Ma chère maman», mais après qu'il eut appris à voler, il l'appelait plutôt «Ma petite maman», comme si elle ne pouvait que lui apparaître plus petite du haut des airs.

Je me moquai de moi-même, intérieurement, pour cette idée simpliste, et puis, en continuant de feuilleter le livre, je tombai sur une lettre datée de 1928 et provenant de Port-Étienne, en Mauritanie, dans laquelle Saint-Exupéry se vantait d'être allé à la chasse au fauve et d'avoir blessé un lion. Je fermai le livre, atterré, ne voulant pas en savoir davantage. La lecture de la correspondance des auteurs n'était pas sans risque : à plusieurs reprises, elle m'avait fait perdre toute estime pour des personnes qui étaient des amis de longue date et parfois même des héros.

Pour me consoler, je m'engageai dans l'allée où se trouvaient mes auteurs de prédilection, et alors j'aperçus une jeune personne assise à même le sol, le dos contre les rayonnages, la tête entre les mains. Je vis en m'approchant qu'un livre était ouvert sur ses genoux repliés. Malheureusement, son dos était appuyé à l'endroit précis où étaient rangés les romans que j'avais le plus envie de regarder : ceux d'Ernest Hemingway, que je relisais souvent pour la vigueur et la sobriété de l'écriture, et ceux de Jim Harrison, non pas pour l'écriture, un peu brouillonne, mais pour l'originalité des descriptions de la nature.

Les jeunes m'intimident encore plus que les adultes, alors je toussai plusieurs fois pour m'éclaircir la voix :

— Je m'excuse de vous déranger, dis-je en montrant du doigt les livres qui étaient dans son dos. Sans quitter son livre des yeux, ce qui me plut infiniment, la jeune personne se déplaça sur sa gauche en s'aidant d'une main ; ce geste découvrit son visage et je reconnus la très jeune fille qui s'était engouffrée dans l'auberge de jeunesse de la rue Sainte-Ursule. Maintenant que je la voyais de plus près, je la trouvais très étonnante. Elle avait la peau foncée, des cils très courts, des yeux légèrement en amande. Je ne pouvais pas dire de quelle race elle était. Son visage avait une beauté étrange et sauvage, c'était quelque chose de neuf, quelque chose que je n'avais encore jamais vu.

Je m'approchai un peu, le cœur battant. Quand j'eus repris mon calme, j'examinai les rayons pour voir si Harrison avait écrit un nouveau livre, un roman ou des nouvelles, mais je ne vis rien de spécial, alors, tournant la tête de côté, je louchai sournoisement sur le livre que la fille tenait sur ses genoux ; je ne peux jamais résister à l'envie de savoir ce que les gens lisent. C'était un John Fante : *Rêves de Bunker Hill*.

La fille se mit à se ronger les ongles. Elle avait des cheveux bouclés avec une mèche qui lui tombait sur l'œil. Je n'aurais pas su dire son âge, c'était depuis quelques années une notion qui m'échappait, mais je vis qu'elle avait des seins, si petits toutefois qu'ils déformaient à peine son sweat-shirt bleu pâle.

Je toussai une deuxième fois et elle me regarda. Ses yeux très noirs avaient quelque chose de vif qui ressemblait à de la colère, et j'avalai ma salive avant de dire :

— Excusez-moi encore...
— Qu'est-ce qu'il y a? demanda-t-elle d'une voix étonnamment grave.
— Le roman de Fante que vous êtes en train de lire, ce n'est pas le meilleur. On peut même dire que c'est le moins bon. Voyez-vous, Fante avait le diabète et, à la fin de sa vie, il était devenu aveugle. Alors ce livre, il ne l'a pas écrit normalement, il a été obligé de le dicter à sa femme. C'est

pour ça que l'écriture est moins soignée, vous comprenez? Lisez plutôt *Plein de vie* ou bien *Mon chien stupide*.

Tout cela je le débitai d'une seule traite et sur un ton énervé qui me surprit moi-même, après quoi je quittai immédiatement la librairie. Sur le trottoir, je devais avoir l'air égaré car un petit garçon qui passait par là, tenant sa mère par la main tout en dégustant une crème glacée à l'orange, tourna la tête vers moi et me suivit longuement des yeux.

Je fis un effort pour me ressaisir et, traversant la rue, j'abordai la côte de l'Hôtel de Ville avec l'intention de rentrer chez moi. En passant devant l'édifice municipal, il me vint l'idée d'aller vérifier moi-même ce que contenait le dossier du Vieil Homme, puisque Marie tardait à me donner des nouvelles. De chaque côté de l'entrée, dont la porte était ouverte, des employés aménageaient des parterres de fleurs et je pouvais facilement me glisser à l'intérieur après avoir blagué un moment avec eux. Tandis que j'hésitais, pesant le pour et le contre, la vieille Marie sortit de l'édifice.

— Alors, dit-elle en riant, on avait perdu confiance? On pensait que Marie avait oublié son chum?

— Excusez-moi, dis-je.

Je me sentais comme un écolier pris en faute. Et puis j'avais la désagréable impression d'avoir passé une partie de la journée à m'excuser. Cependant, la vieille Marie, qui avait certainement une âme plus légère et moins tourmentée que la mienne, souriait comme à l'accoutumée. Elle me donna même quelques tapes amicales dans le dos.

— J'ai vu la secrétaire que je connaissais, dit-elle. Eh bien! je m'étais trompée: les dossiers ne sont plus à l'Hôtel de Ville, ils sont à la Centrale de police du Parc Victoria. Et au lieu d'être dans un classeur, ils sont sur ordinateur.

— Ça veut dire que c'est fichu?

— Mais non! Je connaissais une autre personne, un policier...

— Vous connaissez tout le monde! dis-je.

— Dans le temps, il était étudiant en droit... C'est curieux, non? En tout cas, la secrétaire a communiqué avec lui par l'intermédiaire de l'ordinateur. À sa place, j'aurais plutôt téléphoné...

— Et qu'est-ce que le policier a dit?

— Une chose bizarre. Il a dit que toute la vie était disloquée.

— Que la vie était *quoi*?

— *Disloquée*. Qu'est-ce que ça peut bien vouloir dire?

— J'en sais rien, dis-je. Et ensuite?

— Ensuite le policier lui a donné un code d'accès à je ne sais plus quoi. Elle a tapé le code sur l'ordinateur et on a vu sur l'écran les fiches des caléchiers avec les photos, les empreintes digitales et toutes sortes de renseignements. Quand j'ai reconnu la photo, la secrétaire m'a permis de copier toutes les informations que je voulais.

Marie glissa un bout de papier dans la poche arrière de mon jean et ce petit geste me donna pendant une seconde le sentiment d'être dans un film d'espionnage, du genre *L'Espion qui venait du froid*. Ensuite elle passa son bras sous le mien et je la reconduisis à son travail. Au moment où j'allais retourner à mon bureau, je me mis à penser à la très jeune fille de la librairie.

De toute évidence, je ne m'étais pas bien comporté avec elle. J'avais eu tort de lui dire que le livre de Fante était moins bon que les autres. Qu'est-ce qui me donnait le droit de lui imposer mes goûts? Qu'est-ce qui me permettait de croire que l'écriture était une chose importante pour elle?

Moi-même, au temps de ma jeunesse, n'avais-je pas été complètement ébloui par les idées contenues dans un roman de Bradbury, *Fahrenheit 451*, sans attacher la moindre importance à un style dont j'allais m'apercevoir, trente ans plus tard, qu'il était d'une rare limpidité?

Il fallait que je présente mes excuses à cette jeune lectrice. Je retournai vivement à la librairie et me précipitai vers la section de littérature américaine, mais je ne vis personne. La fille n'était pas non plus dans la section des romans pour la jeunesse, ni dans celle des bandes dessinées. Elle n'était nulle part.

6

UNE CLIENTE PARMI D'AUTRES

En rentrant, je trouvai ma cliente préférée, Maddalena, installée dans le jardin. Elle était d'origine italienne et venait régulièrement me voir pour des lettres d'amour. Marco, son petit garçon, était avec elle. Il était occupé à jouer avec Petite Mine.

Assise au bord d'une chaise en métal, le dos bien droit, elle portait une longue jupe noire et un chemisier blanc qui me plaisait à cause des fleurs bleues et rouges, à peine visibles, brodées au revers du col et des poignets. Ses cheveux brun foncé étaient relevés en un chignon qui accentuait la sévérité de son visage.

— Je regrette de vous avoir fait attendre, dis-je.

— Mais non, dit-elle avec son accent chantant, je suis en avance. J'ai fait exprès pour avoir le temps de regarder le jardin et l'Arbre à chats, et aussi le cerisier japonais.

Pour le cerisier, on ne pouvait que lui donner raison: les bourgeons étaient sur le point d'éclater, et cet arbre qui, dans sa nudité, était un peu grotesque avec son tronc en forme de patte d'éléphant, allait bientôt devenir une immense corbeille de fleurs roses.

Avant de monter à mon bureau, la femme demanda à Marco s'il préférait venir avec nous ou rester dans le jardin.

— Je reste avec la *gatta*, décida-t-il sans hésiter.

— D'accord, mais tu ne sors pas du jardin, c'est compris ? ordonna sa mère.

— Oui, dit-il. Il prit place sur une chaise et Petite Mine sauta sur ses genoux.

— Tu pourras lui donner à manger, dis-je. Dans la remise, il y a un sac de croquettes et deux bols en plastique bleu. Mais il ne faut pas lui en donner trop : tu prends une poignée de croquettes dans chaque main.

— Je mets une poignée dans chaque bol ?

— Non. Tu mets les deux poignées dans un bol et tu verses de l'eau dans l'autre. Tu vois le robinet là-bas ?

Pour montrer qu'il comprenait, le garçon hocha la tête à deux reprises, une fois pour les croquettes et une fois pour l'eau, ensuite il se mit à caresser Petite Mine. La chatte, allongée au creux de ses genoux, se tourna comiquement sur le dos, les pattes en l'air. Maddalena répéta à son fils de ne pas s'éloigner, puis elle me suivit dans l'escalier intérieur menant à mon bureau. Sitôt entrée, elle fouilla dans son sac et me tendit d'une main tremblante la lettre d'amour qu'elle venait de recevoir en réponse à celle que j'avais rédigée pour elle à sa dernière visite.

— Toutes mes amies sont jalouses, dit-elle fièrement. Elle était femme de chambre au Château Frontenac et l'opinion de ses camarades de travail sur sa vie amoureuse avait une importance primordiale à ses yeux.

Lors d'un voyage au Saguenay, elle était tombée amoureuse d'un homme de Chicoutimi qui travaillait dans un bar. Cet amour était réciproque, et l'homme envisageait de venir s'installer à Québec où elle se faisait fort de lui trouver un emploi de barman au Château. Or, il ne savait pas qu'elle avait un petit garçon ; elle ne pouvait plus retarder le moment de lui en parler, et elle comptait sur moi pour trouver les mots capables d'emporter la décision de son amoureux.

Dans la dernière lettre que je lui avais faite, et qu'elle avait tenu à recopier de sa main comme les précédentes, j'avais glissé deux phrases écrites par Juliette Drouet à Victor Hugo le 9 juillet 1843 :

Hâte-toi de revenir, mon bien-aimé, car rien ne vaut un regard de toi, un mot de toi... Tes lettres sont adorables, mais tu vaux encore mieux qu'elles parce que tu es le bonheur en personne.

Bien entendu, j'avais légèrement modifié les phrases, autant pour les adapter au contexte que pour éviter les accusations de plagiat, et ma cliente ignorait tout de mon subterfuge.

Cette méthode était-elle la clé du succès, tout relatif, que j'obtenais dans le domaine des lettres personnelles ? Il m'était difficile d'en juger, mais une fois de plus les résultats étaient là, sous la forme de cette réponse que Maddalena venait de me remettre. Pour ne pas me déranger pendant que j'en prenais connaissance, elle s'éloigna de quelques pas et s'assit sur l'appui de la fenêtre, d'où elle pouvait s'assurer que tout se passait bien dans le jardin.

Quand j'obtiens un succès, je fais toujours comme s'il s'agissait de la chose la plus normale du monde. Ainsi, je lus la lettre très vite, l'air aussi détaché que possible, mais une expérience de plusieurs années me permettait de saisir, au premier coup d'œil, les grandes lignes du texte et de les garder en mémoire pour les inclure dans le dossier de Maddalena après son départ. Et je commençais dès lors à imaginer ce qu'il fallait écrire dans la lettre suivante.

J'allai m'asseoir en face de ma cliente sur l'appui de la fenêtre. Elle avait les mains jointes sur sa jupe noire qui lui couvrait les jambes jusqu'au mollet.

Dans le jardin, la porte de la remise était ouverte et on voyait de dos le jeune Marco penché au-dessus du sac de croquettes; Petite Mine était accrochée à son épaule. Tout était normal, et Maddalena me regarda en souriant:

— C'est une bonne lettre, n'est-ce pas?
— Oui, dis-je. C'est assez encourageant.

Je faisais le modeste. À la vérité, non seulement j'étais satisfait du résultat, mais encore, au fond de moi-même, je n'étais pas loin de croire que ma plume était la principale source des émotions qui éclairaient le visage de cette femme.

Après avoir posé un certain nombre de questions ayant pour but de vérifier si je comprenais bien le ton et le contenu qu'elle voulait donner à sa prochaine lettre, je retournai à ma table de travail pour noter dans un carnet toutes les informations recueillies. Je savais déjà qu'il me serait impossible de lui écrire sa lettre d'amour sur-le-champ.

Les écrivains publics, s'appuyant sur une tradition fort ancienne, illustrée au début du xve siècle par Nicolas Flamel, tiennent beaucoup à s'acquitter de leur tâche en présence du client. C'est ce qu'à mon tour j'essayais de faire, mais pour les lettres d'amour je n'y arrivais pas souvent; la plupart du temps, c'était au-dessus de mes forces.

C'est ainsi que, faute d'avoir terminé mon travail, je me condamnais moi-même à passer de longues heures, parfois des jours entiers, avec des mots qui tournaient dans ma tête comme des hirondelles de cheminée. Il m'arrivait de me relever la nuit pour noter des bouts de phrases dont je craignais de ne pas me souvenir à mon réveil.

Mes clients ne savaient rien de mes tourments. Je voulais que mes rapports avec eux fussent empreints de confiance et de sérénité, et l'organisation matérielle de mon bureau avait été conçue dans cet esprit. Les murs avaient une couleur pêche qui retenait la lumière et la rendait plus douce. Mon ordinateur et ses accessoires étaient relégués dans un coin de la pièce, derrière un paravent. Je préférais travailler dans une ambiance chaleureuse et un peu désuète. Sur ma table de travail ne se trouvaient qu'un bouquet de fleurs, mon bloc à écrire et ma Waterman. Je tenais à ce que le moins de choses possible s'interposent entre le client et moi : pas de dossier, pas d'agenda, pas de téléphone, rien de ce qui pouvait lui donner l'impression qu'il n'était pas unique au monde.

Sur le mur, à côté du *Scribe accroupi*, était affichée une caricature de Daumier qui représentait un écrivain public à l'ancienne : un bonhomme ventru avec des favoris, un lorgnon, une redingote usée. Et puis il y avait une photo de Raymond Carver, découpée dans le *Magazine littéraire*, sous laquelle on pouvait lire :

> *Les mots sont notre seul bien ; alors mieux vaut choisir les bons et mettre la ponctuation au bon endroit pour qu'ils disent au mieux ce qu'ils sont censés dire.*

Je pris le temps de bavarder avec Maddalena. Je la laissai décider elle-même du moment où il convenait de mettre fin à notre entretien, et je lui donnai un autre rendez-vous. Avant de partir, elle se pencha à la fenêtre et, ayant posé un baiser au creux de sa main, elle fit le geste juvénile et très ancien de souffler dessus pour l'envoyer à son fils, et j'eus la faiblesse de croire qu'il m'était en partie destiné.

7

LA SOIRÉE DU HOCKEY

Sam Miller. Tel était le nom que je lus sur le bout de papier que la vieille Marie avait glissé dans ma poche. Il éveillait en moi un souvenir très vague, un paysage d'eau et de brouillard qui avait peut-être quelque chose à voir avec mon enfance.

L'adresse, par contre, était précise et se situait à Limoilou.

Un samedi soir, après avoir mangé chez Kim et échangé avec elle des caresses qui étaient un îlot de douceur entre la fin de ma journée et le début de la sienne, je décidai de me rendre à Limoilou pour essayer d'apprendre des choses sur le Vieil Homme. Elle dit, en m'embrassant :

— Bonne chance avec le Gardien !

Elle avait deviné juste. En arrivant au minibus Volkswagen, garé en haut de la rue Saint-Denis, j'aperçus par une fenêtre la flamme bleutée aux reflets orange de mon réchaud à gaz : le Gardien était là.

Je frappai doucement à la fenêtre. Pas de réponse. Je frappai une deuxième fois et, pensant qu'il s'était endormi, j'entrouvris la porte coulissante. Il était allongé sur la banquette arrière.

— Les Indiens ! s'écria-t-il en se redressant d'un coup, l'air complètement perdu. C'était une blague qu'il avait vue dans un western et il me la refaisait de temps en temps.

— Mais non, dis-je patiemment, c'est Jack.
— Vous avez besoin du Volks?
— Oui.

La porte glissa sur son rail, et je constatai qu'il avait mis de l'eau à bouillir sur le réchaud. C'était la première fois que je le voyais depuis son retour de Key West. Il était bronzé et semblait en forme malgré des yeux rougis et un *brandy nose* qui le faisait paraître plus âgé que ses quarante ans.

— Un café? proposa-t-il.
— Non merci, dis-je. Je suis un peu pressé: il faut que je descende à Limoilou.

Pour donner plus de force à mes propos, j'entrai et m'installai au volant. Le Gardien versa de l'eau bouillante sur son nescafé.

— Allez-vous rentrer tard?
— Ça m'étonnerait, dis-je.
— Quand même, je vais prendre mes affaires.
— Comme vous voudrez.

À l'occasion, il dormait en biais dans la Range Rover de Kim, dont les sièges arrière avaient été enlevés, mais il avait une préférence marquée pour mon Volks où il pouvait utiliser le frigo, faire la cuisine sur le réchaud, convertir la banquette en lit à deux places, allumer le chauffage à essence par temps frais et écouter de la musique sur mon lecteur de cassettes; il était devenu un spécialiste des derniers groupes américains de rock et de country.

En squattant mon véhicule et celui de Kim, le Gardien ne se sentait aucunement redevable envers nous: il estimait, au contraire, que sa présence éloignait les rôdeurs, en particulier ceux de la porte Saint-Louis, et pour ce service il nous demandait souvent de l'argent. Je l'aimais bien, malgré tout, car il avait des idées originales, et puis, comme il fréquentait des gens que je ne connaissais pas, il était pour moi une bonne source de renseignements.

Je le regardais dans le rétroviseur. Il versa du lait dans son café, ajouta deux cubes de sucre roux et se mit à remuer le liquide avec une petite cuiller.

— Vous êtes sûr que vous ne voulez pas de café?

— Merci, dis-je. Il faut vraiment que j'y aille.

Il attrapa la casserole et, se penchant au-dehors, il versa le reste de l'eau bouillante le long du trottoir. Puis il rangea tous les ustensiles dans l'armoire et les aliments dans le frigo. Avant de rassembler ses affaires, il ouvrit le rideau de la lunette arrière. Il s'attarda ensuite à faire un peu de ménage.

— Quelque chose ne va pas? demandai-je, voyant qu'il prenait son temps.

— Oui, dit-il d'une voix maussade. Vous ne m'avez pas payé.

— Excusez-moi, dis-je, et pour en finir, je sortis vingt dollars de mon portefeuille. Il mit le billet dans sa poche sans dire merci ni au revoir et descendit du minibus avec son sac à dos et sa tasse de café en fer-blanc.

Le soir tombait, la lumière virait au mauve. C'était l'heure où la nuit sortait des eaux grises du fleuve et, pour mieux la voir, je fis un crochet par la rue des Remparts. De là, je descendis la côte du Palais et, comme un cadeau, les lampadaires s'allumèrent sur mon passage. Je franchis le pont Dorchester, puis une fois dans Limoilou je suivis la 1re Avenue jusqu'à la 26e Rue.

Au numéro indiqué par Marie se trouvait un immeuble qui ne payait pas de mine: carré et sans style, il comptait trois étages comme la plupart de ceux qui s'alignaient de chaque côté de cette rue dénuée de verdure. Je garai le minibus dans la première rue transversale.

Bien qu'il fît presque nuit, j'avais l'impression que sur les balcons ou derrière les voilages de mousseline, les gens me surveillaient, attendant que je sorte du Volks. Alors, sans hésiter, je sortis et me dirigeai tout droit vers l'immeuble du Vieil Homme. La plupart des fenêtres étaient éclairées et les rideaux n'étaient pas encore tirés.

Dans l'entrée, j'examinai les noms inscrits sur les boîtes aux lettres, réparties en deux séries de trois. Le nom que je cherchais, Sam Miller, figurait sur la dernière boîte d'une série, et il n'était pas difficile, même pour moi, de voir que le Vieil Homme habitait au troisième à droite.

De retour dans le Volks, je m'allongeai sur la banquette, le dos calé sur des coussins, pour surveiller l'appartement du Vieux. À certains moments, sa haute et mince silhouette apparaissait à la fenêtre, se découpant sur la lumière bleutée et scintillante d'un poste de télé. Le reste du temps, il avait l'air de faire les cent pas. Peut-être attendait-il quelqu'un.

Au premier étage, une autre télé était allumée et, malgré la distance, je reconnus les images de «La Soirée du hockey». Comme les éclats lumineux des deux postes étaient synchronisés, je compris que le Vieux regardait le hockey lui aussi. Alors j'allumai la radio du minibus pour écouter la description de la rencontre. C'étaient les éliminatoires du printemps. J'aimais le hockey à la folie, et si je n'étais pas chez moi en train de regarder la télé, c'était simplement que, cette année-là, mon équipe préférée avait été battue dès la première série de matches.

Amplifiée par les haut-parleurs que le Gardien avait installés à l'arrière, la voix familière du commentateur inonda le minibus. Quelque chose en moi se détendit et je m'allongeai plus confortablement sur les coussins, jambes étendues et chevilles croisées. L'esprit tranquille, je surveillais le manège du Vieil Homme qui, parfois, s'approchait de la fenêtre et, à deux reprises, sortit sur le balcon pour jeter un coup d'œil en direction de la 1re Avenue. Je m'amusais aussi à regarder la télé du premier étage, essayant de me figurer, d'après le commentaire à la radio, comment le jeu se déroulait sur l'écran.

Par moments, je fermais les yeux.

Il y avait longtemps que je ne m'étais pas senti aussi bien. J'étais heureux d'être là, une sorte de paix s'était installée en moi et, curieusement, mon sentiment de bien-être semblait venir du simple fait que je partageais quelque chose avec le Vieux... Brusquement, une série d'images fulgurantes me fit comprendre que la véritable cause était plus ancienne : c'était dans mon village natal de Marlow, j'étais couché dans une petite chambre avec mon frère tandis que mon père écoutait le hockey à la radio dans le salon, et lorsque notre équipe marquait un but, je me levais à toute vitesse, sachant qu'il allait me permettre de passer un moment avec lui sur le divan.

La nostalgie ne me réussit pas : chaque fois que je m'abandonne à la fascination du passé, il me tombe une tuile sur la tête. C'est ce qui se produisit encore ce soir-là. Pendant que je rêvassais, le grondement d'un moteur, tout près, me fit sursauter. Une camionnette Ford de couleur rouge déboucha d'une allée d'asphalte entre deux immeubles et accéléra bruyamment en passant devant moi. J'eus à peine le temps de voir que le Vieil Homme était au volant. Cinq secondes plus tard, je démarrais en catastrophe, mais quand j'arrivai à l'angle de la 1re Avenue, la camionnette avait disparu.

C'était incroyable, je n'avais pas songé un seul instant que le Vieux pouvait sortir par la porte de l'immeuble ! Dans mon travail d'écrivain public, je me défendais assez bien, mais comme détective, j'étais nul ! Blessé dans mon amour-propre, je parcourus les rues avoisinantes à vitesse réduite, sans savoir où j'allais. En apercevant une épicerie, j'eus envie d'acheter du chocolat pour me réconforter et je me rangeai le long du trottoir.

L'épicier, un gros homme chauve, était assis derrière son comptoir et regardait le match de hockey sur une minuscule télé. Je lui dis bonsoir et m'engageai aussitôt dans une allée, oubliant que l'étalage de chocolat se trouvait à côté de la caisse. Comme je ne voulais pas avoir l'air d'un voleur, je pris une boîte de nourriture pour Petite Mine et un ourson en peluche pour Kim.

Quand je revins au comptoir, il y avait devant moi une grande rousse qui achetait un pack de six bières. L'épicier avait l'air de bien la connaître, il bavardait avec elle et l'idée me vint qu'il connaissait peut-être aussi le Vieux. Pour l'amadouer, je commençai par lui parler du match.

— C'est du beau jeu? demandai-je.

— Pas terrible, dit-il. Il y a des accrochages sans arrêt et l'arbitre ne fait rien. Et cette manie qu'ils ont tous de lancer la rondelle dans le coin. Moi, si j'étais coach, je ferais payer une amende de mille dollars à tous les joueurs qui se débarrassent de la rondelle aussitôt qu'ils ont dépassé la ligne rouge.

— Avec les salaires qu'ils ont, vous croyez que ça changerait quelque chose?

— Probablement que non. À propos d'argent, vous me devez huit dollars vingt-cinq.

— Et une barre KitKat.

— Ça fait neuf dollars vingt-cinq.

— Excusez-moi, dis-je en lui remettant un billet de dix dollars, je voudrais savoir si vous connaissez un homme qui s'appelle Sam Miller. Un vieux bonhomme grand et maigre... Il habite une rue voisine.

L'épicier laissa tomber la monnaie sur le comptoir. Son regard croisa le mien et l'expression de son visage semblait dire que les vieux bonshommes étaient nombreux dans le quartier, que je n'étais pas loin d'en être un moi-même et qu'il n'était pas tenu de connaître le nom de tous ses clients. Toutefois il répondit très poliment:

— Non, je ne pense pas.

— Il a une camionnette Ford... Une vieille camionnette rouge qui tombe en ruine.

— Une camionnette rouge ? Ça me dit quelque chose... Ah oui, je le connais. Il est nouveau dans le quartier. Il m'a dit qu'il venait d'un village situé près de la frontière. Un village qui s'appelait... comment déjà?

Il secoua longuement la tête comme pour remettre ses idées en place. M'abstenant de tout commentaire pendant qu'il réfléchissait, je priai le ciel pour que le gros homme chauve retrouve le nom perdu au fond de sa mémoire. Il mit mes achats dans un sac en plastique.

— Je l'ai!... C'est *Marlow*! s'écria-t-il en faisant claquer ses doigts. C'est bien ça: *Marlow*!

— Vous êtes sûr?

Une clameur venant du poste de télé l'empêcha de me répondre. Une équipe venait de marquer un but et le score était maintenant de deux à deux.

— On s'en va en prolongation, dit-il, et il ajouta avec un clin d'œil: Ça fait vendre de la bière!

— Bien sûr, dis-je en me dirigeant vers la sortie.

Un autre match avait commencé dans ma tête: les vieilles images étaient sorties de l'ombre et préparaient une attaque, et j'allais être obligé de lutter de toutes mes forces contre cette invasion. Mais si vous avez un certain âge, dans ce genre de combat, la partie est perdue d'avance.

8

FERMÉ POUR CAUSE DE NOSTALGIE

Quand je rentrai chez moi, il était minuit moins le quart et je n'étais pas dans un état normal. Je fis claquer la portière du Volks et toutes les portes de la maison, je mis un vieux disque de Cora Vaucaire, tout rayé, et je montai le volume au maximum.

Kim ne fut pas longue à comprendre le message.

Allongé sur le lit, un oreiller serré sur ma poitrine, j'entendis des pas rapides dans son bureau, au-dessus de ma tête. Quelques instants plus tard, elle reconduisit quelqu'un par l'escalier de secours. Elle s'arrêta une seconde sur mon palier, jeta un coup d'œil par ma porte-fenêtre et j'eus le temps de voir qu'elle tenait à la main un carton rectangulaire et un rouleau de ruban adhésif.

De toute évidence, elle fermait son bureau. C'est ce que j'avais espéré en faisant ma mise en scène, mais à présent je me sentais coupable. Lorsqu'elle remonta et vint s'allonger avec moi, je lui demandai sans la regarder :

— Qu'est-ce que tu as mis sur ta petite affiche ?
— J'ai mis « Fermé pour cause de nostalgie ».
— C'est vrai ?
— Mais non, dit-elle, c'est une blague. J'ai simplement écrit « Fermeture temporaire ». Elle m'embrassa dans le cou et un frisson courut jusqu'au bas de mon dos. Ensuite elle se leva et ramena le

disque de Cora Vaucaire au début. Les paroles disaient :

> *Au-dehors la rue s'allume*
> *Jaune, orange ou canari*
> *Une cigarette fume*
> *Près du lit où je lis*
> *Pourquoi ce soir ne puis-je supporter*
> *L'odeur des roses ?*

La mélodie montait tout doucement, puis elle hésitait et retombait un peu, ensuite elle s'élançait une nouvelle fois et remontait plus haut, et encore plus haut la fois suivante : elle reproduisait les volutes bleutées d'une cigarette dont la fumée s'élevait en hésitant vers la lumière d'une lampe de chevet. C'était une des rares chansons où les paroles et la mélodie étaient parfaitement accordées.

La chanson terminée, je baissai le volume et racontai à Kim ce qui s'était passé à Limoilou : la silhouette du Vieux à la fenêtre, le bien-être ressenti en écoutant le match de hockey, les images de mon père dans le salon, et comment j'avais appris que nous étions, le Vieux et moi, du même village.

Comprenait-elle les raisons pour lesquelles la présence du Vieil Homme me troublait à ce point ? C'était improbable, car elle ne connaissait pas plus mon passé que je ne connaissais le sien, mais sa façon d'écouter était unique. En lui racontant quelque chose, je pouvais suivre sur son visage, presque aussi bien que dans un miroir, les émotions qui affleuraient sous mes paroles, et cela me permettait déjà de distinguer l'important de l'accessoire.

Kim était totalement disponible et n'avait aucun préjugé. À ses yeux, les mauvaises habitudes, les manies et les névroses faisaient partie intégrante de la personnalité et servaient à rompre la monotonie de l'existence. Elle avait donc le plus grand respect pour tous ses visiteurs, même ceux qui venaient la nuit ; elle n'aimait pas les appeler «patients», estimant comme Jung qu'ils n'étaient pas malades, et il lui arrivait de faire avec eux des promenades à pied ou en auto, ou encore en barque sur le lac Sans Fond, situé au début des Laurentides et dont les eaux profondes étaient réputées ne jamais se mêler aux eaux de surface.

Elle écouta attentivement le récit de ma soirée, ne posa aucune question et se contenta d'attendre. Mais la vague d'émotions qui m'avait brusquement envahi, comme cela se produisait de temps en temps depuis mon séjour à l'hôpital, s'était déjà retirée. J'allais mieux, mais puisqu'elle était allongée à côté de moi avec sa chaleur enveloppante, je cédai lâchement à l'envie de profiter de la situation.

Je tournai le dos à mon amie, lui laissant croire que certaines choses me tourmentaient. S'approchant de moi, elle retroussa mon chandail et mon tee-shirt, appuya sa joue contre mon dos et je fermai les yeux, attentif aux frémissements que son souffle faisait naître sur ma peau. Puis elle me caressa tout doucement, au ralenti, me laissant la liberté de choisir : pour déclencher quelque chose, il suffisait que je me retourne.

Nous avions remarqué, elle et moi, que les gens parlaient sans arrêt de la sexualité ; et comme ils parlaient également sans arrêt de la météo, nous en avions conclu que le sexe et la météo avaient la même importance. À cause de certains souvenirs émerveillés qui nous étaient restés de la petite enfance, chacun de notre côté, nous avions décidé que le sexe était l'affaire des enfants. Ce soir-là, justement, j'avais envie de me comporter comme un enfant.

Au bout d'un moment, je fis semblant d'avoir trop chaud. Elle me retira mon chandail et mon tee-shirt avec des gestes très lents, et je me laissai faire ; je me serais laissé faire jusqu'à la fin du monde. Elle avait commencé à m'enlever mon jean quand tout à coup ses mains s'immobilisèrent. Une silhouette venait de s'arrêter devant la porte-fenêtre.

C'était un homme. Il cherchait à percer l'obscurité de la chambre. Nous le vîmes s'éloigner en direction de l'étage supérieur, faisant vibrer l'escalier de fer. Puis le bruit cessa.

— Il s'est assis sur la dernière marche, dit Kim.
— Tu penses qu'il n'a pas vu ton affiche? demandai-je.
— Il l'a vue, mais il va probablement rester jusqu'à ce que je revienne.
— Tu le connais?
— Oui.
— C'est une urgence?
— On ne sait jamais.
— Alors tu ferais mieux d'y aller.
— Et toi?
— Moi, ça va.
— C'est sûr?
— Oui. À vrai dire, je me suis senti mieux dès le début, quand tu as fait cette blague avec l'affiche «Fermé pour cause de nostalgie». Tu n'es pas fâchée, au moins?

S'inclinant vers moi, elle ouvrit mon jean et m'embrassa très légèrement sur le sexe avec un petit sourire canaille qui était très réussi.

9

CHACUN SA NUIT

J'avais fait la connaissance de Kim une dizaine d'années plus tôt. À cette époque, je vivais seul dans une maison perchée sur les falaises argileuses de Cap-Rouge. Un chagrin d'amour, puis un infarctus, qui n'étaient peut-être pas sans rapport l'un avec l'autre, avaient ralenti mes activités et je tentais de me raccrocher à la vie.

Après une longue période de repos, je faisais un effort pour sortir de la maison et voir du monde; je fréquentais les expositions, les lancements, les vernissages, et il m'arrivait de traîner dans les bars. C'est ainsi qu'un soir d'hiver, lors d'une rétrospective Jean Paul Lemieux, au Musée du Québec, j'étais en train d'examiner un tableau intitulé *Chacun sa nuit*, quand une femme vint se mettre à côté de moi.

Je sentis d'autant plus fort sa présence que nous étions dans une salle presque vide. Du coin de l'œil, je vis qu'elle portait un jean et un blouson de cuir noir doublé en mouton. Comme mon cœur battait un peu trop vite, je me concentrai sur le tableau, qui représentait un homme et une femme côte à côte, et un enfant devant eux, tous les trois engoncés dans des vêtements d'hiver et enfermés dans leurs pensées, regardant un champ de neige sur lequel pesait un ciel noir et menaçant.

Je cherchai quelque chose d'intelligent à dire. Ne trouvant rien, j'allais m'éloigner tristement, quand elle me demanda si le tableau me plaisait.

— C'est impressionnant... et plutôt sinistre, dis-je. Et je me tournai vers la femme. Elle avait à peu près mon âge, des cheveux gris et bouclés, des yeux bleus ou verts (c'était difficile à dire avec l'éclairage artificiel) et elle portait un chandail noir à col roulé sous son blouson de cuir.

— Sinistre... à cause du ciel? demanda-t-elle.

— Oui, mais aussi à cause des personnages: ils sont inclinés vers l'arrière comme s'ils avaient peur de quelque chose.

— C'est vrai, mais le visage de l'enfant est plus confiant. Et regardez en haut à gauche, il y a un petit coin de ciel qui s'éclaire...

— Ah oui, je n'avais pas remarqué le petit coin de ciel. C'est peut-être à cause de lui que la neige est si lumineuse...

— Peut-être.

— Votre façon de voir est meilleure que la mienne. Je peux vous l'emprunter?

— Bien sûr, dit-elle. Un sourire éclaira son visage, creusant des ridules autour des yeux. Les gens m'appellent Kim, ajouta-t-elle.

— Moi c'est Jack, dis-je.

Elle continua de regarder le tableau pendant un moment, puis elle dit qu'elle devait partir. Je lui demandai:

— Vous avez fait le tour de l'exposition?

— Non. Quand un tableau me plaît beaucoup, je n'ai pas envie d'aller plus loin. Il faudra que je revienne pour voir tout le reste.

Elle me souhaita bonne nuit. Juste avant de partir, elle me fit remarquer que, dans presque tous les tableaux qu'elle avait vus, la ligne d'horizon, au lieu d'être droite, penchait d'un côté ou de l'autre. Et comme je m'étonnais de son sens de l'observation, elle déclara en riant qu'elle avait trouvé ce renseignement dans le catalogue de l'exposition.

Une petite voix me répétait que je devais lui demander quel jour elle avait l'intention de revenir, mais je n'en eus pas l'audace. Pourtant elle me plaisait bien, cette femme. Elle avait une belle voix, calme et profonde, un peu enrouée. Elle voyait de la lumière là où tout me semblait noir. Et lorsqu'elle parlait de l'horizon incliné, c'était comme si elle me disait qu'on avait le droit de se sentir un peu de travers dans sa tête.

J'avais une telle envie de la revoir que je retournai au Musée du Québec dès le lendemain, à quatre heures de l'après-midi, et tous les jours à cette même heure pendant une semaine. Elle n'était jamais là, et j'errais tristement d'une salle à l'autre. Ou encore, je m'asseyais sur un banc, dans l'entrée principale surmontée d'une coupole, en face des larges fenêtres donnant sur le terrain enneigé qui s'étendait à l'arrière de l'immeuble, et je passais le temps à observer les jeux infiniment variés de la poudrerie dans le soir qui tombait.

Les employés du Musée me saluaient aimablement et certains se risquaient à plaisanter avec moi, croyant peut-être que j'étais un nouveau membre du personnel.

Cependant, j'attendais le mercredi avec confiance, car c'était ce jour-là, en soirée, que ma rencontre avec Kim avait eu lieu. Malheureusement, quand ce jour arriva, la météo annonçait du mauvais temps : non pas une vraie tempête, mais environ dix centimètres de neige avec un vent assez fort pour que personne ne sache comment les choses allaient tourner. Alors je décidai de m'y rendre en bus.

Je mis mon parka en laine polaire, ma grande écharpe, mes bottes d'aviateur, ma tuque et mes gants de ski, et je montai dans le 25 au coin de l'avenue Francœur. N'ayant pas pris l'autobus depuis un moment, je trouvai reposant de me laisser conduire par un expert et d'avoir tout mon temps pour regarder, à travers l'immense pare-brise, le film muet de la neige balayée par le vent sur l'asphalte du Chemin Saint-Louis.

Devant moi étaient assis deux jeunes gens qui n'avaient pas plus de vingt ans. Le garçon avait un baladeur et, de temps en temps, il enlevait un écouteur et alors la fille, appuyant sa tête sur l'épaule de son ami, écoutait la musique en même temps que lui. J'étais curieux de savoir quelle musique leur plaisait tant. Il me semblait entendre une voix rythmée avec des accents qui faisaient penser à du rap. Quand le garçon enleva l'écouteur, je me penchai en avant comme pour rentrer le bas de mon jean dans mes bottes d'aviateur. Alors je constatai que ce qu'ils écoutaient avec tant de ferveur n'était pas de la musique, mais plutôt des poèmes, en langue espagnole, de Federico García Lorca. En plus, celui que j'avais pris pour un garçon était une fille et vice versa : je m'étais trompé sur toute la ligne.

Au bout du Chemin Saint-Louis, le bus emprunta le boulevard René-Lévesque. Je descendis au coin de l'avenue Bourlamaque. Des bancs de neige encombraient les trottoirs, la poudrerie réduisait la visibilité, c'était déjà une petite tempête. Une seule chose m'empêcha de rebrousser chemin : j'avais le vent dans le dos. Il me poussa sur la distance de quatre ou cinq pâtés de maisons et j'arrivai très vite au Musée.

Kim en sortait, la tête nue et une écharpe nouée autour du col de son blouson. Me prenant le bras, elle m'entraîna vers le parc de stationnement envahi par une neige tourbillonnante.

— Le directeur a décidé de tout fermer à cause de la tempête, dit-elle. Vous habitez loin ?

— À Cap-Rouge, dis-je, mais je suis venu en autobus.

— Allons plutôt chez moi, c'est tout près.

Elle m'indiqua une Range Rover et s'installa au volant. Pendant qu'elle mettait la voiture en marche, je déneigeai le toit, le pare-brise et la fenêtre arrière avec un petit balai trouvé entre les deux sièges; pour montrer que j'étais un connaisseur, je nettoyai les feux à l'avant et à l'arrière, et je donnai un coup de balai sur mes bottes avant de m'asseoir dans le véhicule.

La Range Rover démarra et, le temps de nous rendre au coin de la Grande-Allée, il faisait déjà chaud à l'intérieur et les muscles de mon dos se relâchèrent. Nous allions vers le Vieux-Québec. Par moments, on ne voyait ni ciel ni terre, mais les pneus mordaient dans la neige sans déraper et j'étais certain qu'il ne pouvait rien m'arriver de fâcheux. La vie, d'un seul coup, était devenue une chose facile et sans danger.

— Alors, vous êtes venu de Cap-Rouge en dépit de la tempête? demanda-t-elle.

— Vous aviez dit que vous alliez revenir... Je ne voulais pas vous rater. J'avais envie de vous revoir.

— Ah oui?

Elle mania le levier de vitesse et accéléra légèrement pour monter la petite côte en face de l'édifice du ministère de la Culture. À la manière dont elle laissa ensuite retomber son bras entre nous deux, j'eus l'impression qu'elle avait envie de me toucher la main, alors je retirai mes gants de ski.

— Je suis venu tous les jours en fin d'après-midi, dis-je, espérant l'émouvoir par cet aveu.

Comme prévu, elle posa doucement sa main sur la mienne et je mêlai quelques instants mes doigts aux siens. De l'autre côté de la porte Saint-Louis, elle tourna à droite et gara la Range Rover en haut de la rue Saint-Denis. Sans verrouiller les portières, elle m'entraîna dans une allée étroite et glissante qui constituait un raccourci pour rejoindre l'avenue Sainte-Geneviève. À mi-chemin, elle poussa un portail et je la suivis dans le jardin d'une maison de briques rousses. Je me souvenais que cette maison, dans un passé récent, avait été un restaurant avec terrasse.

La porte du rez-de-chaussée n'était pas fermée à clé. Avant d'entrer, j'enlevai ma tuque et m'en servis pour secouer la neige de mes vêtements.

— Vous ne fermez jamais à clé? demandai-je.

— Non, dit-elle. Il y a parfois des gens qui viennent se mettre à l'abri. Mais rassurez-vous, la porte des étages...

Elle sortit ses clés et ouvrit la porte dont elle parlait, ensuite elle me précéda dans un escalier très à pic. La première chose qu'elle fit, en arrivant au premier, fut de monter le thermostat.

— Voilà, dit-elle, vous êtes chez vous. Moi j'habite au-dessus... Mais j'y pense: on vous attend peut-être à Cap-Rouge?

— Oui.

— Voulez-vous téléphoner?

— Impossible! dis-je en riant. C'est un chat. Il s'appelle Matousalem. Je lui ai laissé de la nourriture, mais ça ne sera pas suffisant pour demain matin.

— Je peux vous conduire à Cap-Rouge, si vous voulez. La Range Rover se débrouille bien dans la neige.

— J'ai vu ça! dis-je. Mais non, ce ne sera pas nécessaire.

Je lui expliquai que je mettais toujours la boîte de croquettes sur le frigo, avec les corn flakes et les biscuits, et que Matousalem, quand il avait vraiment faim, sautait sur le comptoir puis sur le frigo et faisait tomber la boîte par terre.

— Et vous, demandai-je, vous n'avez pas de chat?

— J'ai une petite chatte là-haut. Elle est très jeune. Elle s'appelle Petite Mine. C'est un souvenir qui m'est resté de mon...

Elle s'interrompit et fit une grimace comique en haussant une épaule, et je compris que la dérision, ou peut-être simplement l'humour, était sa façon de soigner les blessures dont la douleur n'était pas éteinte. Ce fut d'ailleurs en blaguant qu'elle me fit visiter l'appartement, après quoi elle m'invita à monter chez elle pour boire un chocolat chaud. Le deuxième étage était pareil au premier, sauf que la chambre et le bureau étaient inversés. Comme son bureau comprenait, en plus du mobilier habituel, une table d'examen encadrée de lampes à ultrasons et d'appareils de massage, un fauteuil de relaxation sur lequel dormait Petite Mine, une berceuse et, dans un coin, un genre de tatami avec des coussins de toutes les tailles, j'étais curieux de savoir quel était son métier.

— Je suis une sorte de psychologue, dit-elle. Et voyant sans doute un point d'interrogation dans mes yeux, elle précisa: Mais je n'essaie pas de rendre les gens normaux.

— Ah non?

— Je veux leur donner la chance d'aller au bout de leurs capacités, sans tenir compte des normes sociales.

— Vous faites de la psychothérapie?

— Oui, mais en ce moment je cherche une méthode qui me permettrait de m'occuper du corps autant que de l'âme... Et vous, qu'est-ce que vous faites dans la vie?

— Je suis une sorte d'écrivain, dis-je. Un écrivain public.

— Au lieu d'écrire pour vous-même, vous écrivez pour les autres?

Cette façon de dire les choses me plut beaucoup et me fit remonter dans ma propre estime. Je me mis à penser que nos occupations n'étaient pas si éloignées l'une de l'autre. Lorsqu'elle servit le chocolat chaud, recouvert d'un nuage de crème, j'en bus une gorgée et il me sembla que je n'avais rien goûté d'aussi bon depuis longtemps.

Dans la cuisine, elle sortit d'une armoire un grand plateau en bois sur lequel elle posa deux oranges, du pain, du beurre, de la confiture d'abricots, du café, du lait et des cubes de cassonade. Elle redescendit l'escalier en prenant garde de ne pas renverser le plateau et je la suivis avec les deux tasses de chocolat.

— J'apporte tout ça, dit-elle quand elle fut rendue en bas, mais ça ne vous oblige à rien. Si vous ne dormez pas bien ou si vous avez le goût de monter chez moi pour une raison ou pour une autre, ou même sans raison, la porte ne sera pas fermée. Vous comprenez?

Je comprenais, et j'étais heureux de tout ce qu'elle venait de dire et de tout ce qui s'était passé durant la soirée. Quand nous eûmes fini de boire le chocolat, elle se leva et annonça qu'elle remontait chez elle pour finir un travail. Elle me souhaita bonne nuit. Je voulus la remercier pour son hospitalité mais elle m'interrompit en m'embrassant très doucement sur la bouche et sur les yeux.

Avant de me coucher, je marchai de long en large dans l'appartement, car au-delà d'un certain degré, le bonheur, tout comme le malheur, m'empêche de dormir. Lorsque mon excitation fut retombée, je me mis au lit et il me fallut peu de temps pour trouver le sommeil. Cependant, je me réveillai deux fois. La première fois, je me fis du souci pour Matousalem: il aimait bien sortir la nuit en se glissant par un trou pratiqué dans le mur de la cave, sous la véranda, et je me disais que s'il était sorti en début de soirée, la neige poussée par le vent avait peut-être bloqué l'accès à la véranda, l'empêchant de rentrer pour se mettre au chaud. Alors je me levai et, m'approchant de la porte-fenêtre, qui était traversée en diagonale par l'escalier de secours, je fus rassuré de voir que si la neige tombait encore à gros flocons sur le jardin, le vent du moins s'était calmé.

La deuxième fois, je songeai à l'invitation de Kim. Je pesai le pour et le contre, sous la forme d'une discussion fictive avec mon jeune frère, celui qui, peu de temps après moi, avait lui aussi fait un infarctus qui, dans son cas, avait été fatal. Je lui disais qu'il fallait décliner l'invitation parce que la plupart des gens l'auraient acceptée et qu'il valait mieux ne pas faire comme tout le monde ; mon frère répondait que la sexualité était une chose banale et sans issue, et qu'il était préférable de faire l'amour à la première occasion pour passer le plus tôt possible à des expériences plus enrichissantes. Comme un zouave, je me rendormis avant d'avoir tranché entre les deux.

10

UNE PASSERELLE
ENTRE LE CORPS ET L'ÂME

Je revis Kim à plusieurs reprises, chez elle dans le Vieux-Québec ou chez moi à Cap-Rouge. À ma grande surprise, ce fut d'abord l'attirance physique qui prédomina.

Pour moi, qui en étais à mes premiers ébats depuis mes ennuis cardiaques, c'était rassurant de constater que la machine fonctionnait toujours. J'étais heureux de retrouver les sensations anciennes: désirs et craintes, sueurs et odeurs, qui venaient du milieu de mon corps et de la nuit des temps. Et lorsque cette attirance physique diminua, comme un feu qui s'assagit, les mots prirent une place plus importante et nous servirent de passerelle entre le corps et l'âme. C'est ainsi que cet hiver-là resta gravé dans ma mémoire comme une série presque ininterrompue de conversations.

D'un commun accord, nous ne parlâmes que très peu de nos dernières amours et du passé en général. Le présent nous intéressait davantage. Un soir, à Cap-Rouge, Kim essaya de m'expliquer ce qui n'allait pas dans son travail.

— Veux-tu que j'allume la lampe? demandai-je. (Je la tutoyais depuis un moment déjà.)

— Non, dit-elle. J'aime bien rester dans le noir.

Il ne faisait pas tout à fait noir: c'était un soir de pleine lune et la grande fenêtre en face de laquelle nous étions installés, dans la salle de séjour, laissait entrer une lumière diffuse qui avait pris une teinte bleutée en se reflétant sur la neige.

J'avais fait un petit feu. Le foyer en tôle noire, dans l'angle le plus rapproché de la fenêtre, ne chauffait pas très fort, mais c'était fascinant de voir les flammes jaunes, bleues et vertes s'enrouler autour des rondins de chêne, et d'entendre le feu crépiter doucement. À part ce bruit, auquel se mêlait par intervalles le grondement de la fournaise dans la cave, la maison était silencieuse.

Matousalem était sorti. Il était occupé à marquer son territoire envahi, à cause de la lune, par les matous des alentours, et je n'allais pas tarder à entendre les curieux gémissements qu'il poussait dans la nuit pour impressionner ses adversaires.

Kim était allongée sur le sofa, et moi sur le fauteuil inclinable. Elle raconta qu'elle avait longtemps été une psychothérapeute traditionnelle qui soignait les gens fortunés en utilisant l'analyse des rêves et les associations libres. Puis, il y avait eu cet architecte...

— Je l'aimais beaucoup, dit-elle avec sa voix grave et légèrement enrouée. Son problème était l'alcoolisme et j'essayais de l'aider. C'était difficile. Il avait été élevé par un père qui se laissait parfois aller à des colères noires, et par une mère chaleureuse et surprotectrice. Chaque fois qu'il était sur le point d'obtenir du succès dans son travail, il se mettait à boire : c'était une façon de se punir...

— Pour quelle raison ? demandai-je.

— Son père aussi avait été architecte. Un architecte de renom.

— Il ne s'accordait pas le droit d'avoir le même succès que son père ?

— C'est à peu près ça. Et pour se consoler, il se tournait vers sa mère. Du moins, c'est de cette façon que j'interprétais son alcoolisme : une demande d'affection adressée à la mère.

— Et comment ça se soigne?

Que je sois arrivé à poser cette question d'une voix normale, cela tenait du miracle, car mes parents ressemblaient comme frère et sœur à ceux de l'architecte et je sympathisais avec lui.

Kim se leva et s'approcha de la fenêtre.

— C'était un esprit brillant et intuitif. Il a fini par trouver, presque tout seul, les raisons profondes qui le portaient à boire et, de mon côté, je l'ai surtout aidé à reprendre confiance en lui-même.

— Et qu'est-ce qui s'est passé? demandai-je. En fait, j'aurais aimé savoir comment on arrivait à reprendre confiance en soi, mais je n'eus pas le cran de le demander. Kim ne s'aperçut de rien, elle avait le regard perdu à la limite du terrain, où j'avais bâti un kiosque pour surveiller la navigation sur le fleuve. Elle raconta:

— Il a fait des progrès et aussi deux ou trois rechutes. Et puis un jour il a obtenu un gros contrat: les plans d'un centre d'art à Vancouver, et il était heureux et plein d'enthousiasme, j'avais l'impression qu'il était bien guéri. Malheureusement...

Sa voix se brisa mais comme elle était un peu rauque, ce fut à peine perceptible; tout de suite elle reprit la maîtrise d'elle-même:

— Malheureusement, la veille du jour où il devait se mettre à dessiner les plans, il est mort subitement d'une crise cardiaque. Alors pour moi, tu comprends, c'est comme si au dernier moment il avait cédé à la peur. Comme si, d'un seul coup, il était retourné en arrière. J'ai essayé de comprendre ce qui avait fait défaut dans mon travail...

Elle enfonça les mains dans les poches de son jean et appuya son front contre la vitre.

— Écoute, dis-je, parfois le cœur est fatigué ou malade et il s'arrête tout seul... C'est arrivé à mon frère. Ça m'est presque arrivé à moi aussi.

— Bien sûr, dit-elle doucement. Elle attendit de voir si j'allais raconter quelque chose, mais je me taisais. Alors elle continua : J'ai compris deux choses. J'ai compris d'abord que la peur n'était pas seulement une chose négative, mais qu'elle permettait aussi de rester en contact avec la réalité ; il ne fallait pas essayer de l'éliminer complètement.

— Et ensuite ?

— Ensuite, j'ai compris qu'un besoin d'affection comme celui que l'architecte éprouvait, on ne pouvait pas le soigner avec les méthodes habituelles, c'était trop risqué : il était nécessaire de recourir à des méthodes qui tenaient compte du corps et pas seulement de l'âme.

Elle se tut et regarda le paysage enneigé qui s'inclinait par vagues successives jusqu'au bord de la falaise. La lumière avait diminué, un halo annonciateur d'une nouvelle chute de neige entourait maintenant la lune. Je n'osai pas lui demander en quoi consistaient exactement les méthodes dont elle parlait. J'étais ému et très étonné de tout ce qu'elle avait dit. Ce qui m'étonnait le plus, c'était de constater à quel point elle aimait ses patients ; jusque-là, il ne m'était jamais venu à l'esprit qu'une thérapie pouvait être une histoire d'amour.

Ce soir-là, Kim ne dormit pas à Cap-Rouge. Elle préféra retourner à sa maison du Vieux-Québec, parce qu'elle avait un rendez-vous de bonne heure le lendemain. Elle m'invita à l'accompagner et j'acceptai d'autant plus volontiers que ma clientèle, à cause de mes ennuis de santé, était devenue plus rare.

Comme les fois précédentes, je dormis au premier étage. Au milieu de la nuit, je fis un cauchemar : certaines images de mon séjour à l'hôpital revenaient parfois me hanter. Je me réveillai en poussant un cri. Sans m'énerver, je me rendis dans la cuisine pour boire quelque chose de chaud.

J'allumai seulement la veilleuse de la cuisinière. En attendant que l'eau bouille, je m'accoudai au comptoir, en face de la petite fenêtre; je regardais la neige qui s'était mise à tomber sur l'avenue Sainte-Geneviève, quand tout à coup la silhouette de Kim se refléta dans la vitre.

C'était la première fois que je la voyais avec son kimono bleu. Je me retournai vers elle en prenant un air contrit.

— Désolé de t'avoir réveillée, dis-je. Je mentais effrontément: en réalité j'étais très content de la voir.

— Ne prends pas froid, dit-elle.

Je ne portais qu'un tee-shirt, d'une longueur tout juste décente. Dénouant sa ceinture, elle m'enveloppa dans les pans de son kimono et mit ses bras autour de moi. Je sentis ses jambes sur les miennes, mon sexe sur son ventre chaud. Je l'aurais bien caressée un peu si mes mains n'avaient pas été aussi froides.

— Qu'est-ce que tu allais boire? demanda-t-elle.

— Une verveine, dis-je, mais il y a de l'eau pour deux... Tu en veux?

— S'il te plaît.

Elle me garda serré contre elle un instant et puis, ouvrant l'armoire où elle avait disposé des choses à boire et à grignoter depuis ma première visite, elle m'aida à préparer les infusions. Elle proposa de les emporter dans la chambre, ensuite elle se mit au lit avec moi. Ce qui me plaisait bien, c'est qu'elle n'avait pas l'air pressée; elle faisait tout avec un calme absolu, comme si j'étais la seule personne dont elle devait s'occuper.

Quand elle me demanda à quoi j'avais rêvé, je lui dis que ce n'était pas la peine d'en parler. Alors elle voulut savoir comment les choses s'étaient passées pour mon jeune frère.

Je bus une gorgée de verveine, du bout des lèvres pour ne pas me brûler, et je lui racontai comment mon frère, après avoir travaillé jusqu'à la quarantaine dans un métier qui lui causait de perpétuels soucis et des troubles d'estomac, avait décidé un beau jour de tout abandonner – travail, maison, femme et enfants – pour s'installer tout seul dans un chalet, au bord d'une rivière, où il ne faisait rien d'autre que bricoler, se promener et apprendre le nom des plantes et des oiseaux. Le chalet était situé dans un coin perdu, au bout d'une étroite route de terre qui s'appelait le Chemin de l'Infini.

— La route s'appelait vraiment comme ça? demanda-t-elle.

— Oui, oui. Je le jure.

Elle prit une gorgée à son tour.

— Et qu'est-ce qui s'est passé?

— Je ne sais pas, dis-je. Il était très maigre, il avait encore mal à l'estomac, mais il commençait à se détendre. Il allait un peu mieux, il était presque heureux. Et puis on l'a trouvé mort dans son lit un matin. Son cœur s'était arrêté. Voilà.

J'étais couché sur le côté, lui tournant le dos. Elle s'approcha, m'embrassa plusieurs fois sur l'épaule et dans le cou, et elle resta silencieuse un moment, le front appuyé sur ma nuque.

— C'est à lui que tu as rêvé cette nuit?

— Non, dis-je en me remettant sur le dos. J'ai fait un infarctus moi aussi, pas longtemps avant mon frère, et de temps en temps il me revient des images de mon séjour à l'hôpital.

— C'était dramatique, l'infarctus?

— Non, c'était plutôt étrange. Je me suis réveillé un matin avec une douleur dans la poitrine. C'était comme si quelqu'un pressait le haut de mon estomac avec une barre de fer. Je ne savais pas ce qui se passait, je croyais que je m'étais froissé un muscle en bougeant dans mon sommeil. Je me suis levé sans réveiller ma femme et je suis allé dehors. C'était l'automne, il faisait beau et frais.

— Ça se passait à Cap-Rouge?

— Oui. J'ai marché un peu mais la douleur ne diminuait pas. Comme j'allais rentrer, j'ai vu venir un jogger. Un grand blond en survêtement fluo avec des épaules très larges et une serviette autour du cou. Je lui ai fait signe et il s'est arrêté tout en continuant de courir sur place. Il a dit que je n'avais pas bonne mine et, du coup, la douleur m'a semblé deux fois plus forte. Quand je lui ai expliqué ce que je sentais, il a dit que c'était peut-être un infarctus et qu'il valait mieux appeler une ambulance. À ce moment-là, ma femme a ouvert la fenêtre, elle a dit qu'elle avait tout entendu et qu'elle appelait l'ambulance. Je me suis assis dans l'escalier de la véranda et le jogger est reparti en courant.

Me redressant dans le lit, je bus une autre gorgée de verveine avant de continuer. Kim ne disait rien, elle avait certainement compris que je n'étais pas encore rendu à l'épisode qui revenait me hanter la nuit dans mes rêves. Elle attendait, buvant sa verveine à petits coups en même temps que moi, et elle ne semblait ni impatiente ni inquiète.

— Je suis resté plusieurs semaines à l'hôpital, dis-je. Un jour, le chef du service de cardiologie est entré dans ma chambre avec son adjoint et un groupe d'étudiants qui le suivaient comme une famille de petits canards. Après avoir consulté mon dossier, il a expliqué aux étudiants qu'une de mes artères coronaires était obstruée et que la meilleure façon de s'y prendre pour la déboucher, à son avis, était d'utiliser un rotablator. En prononçant ce mot que je ne connaissais pas, le chef traçait des petits cercles dans l'air avec son stylo. Plus tard, son adjoint m'a donné des précisions: il s'agissait de pratiquer, au niveau de la cuisse, une incision par laquelle on pouvait introduire une perceuse miniature que l'on poussait ensuite le long de l'artère, au moyen d'une tige flexible, jusqu'à l'endroit où c'était bouché... mais je m'excuse pour tous ces détails...

— Ça ne fait rien, dit Kim d'une voix plus enrouée que d'habitude.

— Pardon. Ce que je voulais raconter, c'est que l'opération s'est bien passée, mais lorsqu'on a voulu refermer l'incision, le soir, dans ma chambre, il y a eu des complications.

— Quel genre de complications?

— J'ai oublié de dire que, juste après l'opération, on installe toujours une sorte de petite valve dans l'incision, au cas où il faudrait reprendre une partie du travail, tu comprends?

— Bien sûr.

— Le soir, un médecin a retiré la valve et fermé l'incision en appuyant très longuement avec ses pouces sur les lèvres de la plaie, et tout allait bien, excepté que, plus tard, en fin de soirée, j'ai eu des nausées à cause de l'anesthésie, alors...

Avec la boule qui m'était venue dans la gorge, je n'avais aucune chance de me rendre au bout de l'épisode. Je m'arrêtai, le temps de boire le reste de la verveine.

— Alors, continuai-je, quand je sentais que j'allais vomir, je tirais la sonnette d'alarme et j'entendais l'infirmière venir au pas de course dans le couloir. Elle savait très bien que les contractions et les secousses des vomissements allaient rouvrir l'incision et qu'il fallait se dépêcher avant qu'un sang rouge vif ne jaillisse de l'artère et n'éclabousse les draps. Par malchance, un autre patient nouvellement opéré avait des nausées ce soir-là et il n'y avait qu'une infirmière pour nous deux. La soirée fut remplie de coups de sonnette et de courses effrénées dans le couloir. Les courses folles et les taches de sang sur les draps, je n'ai pas réussi à les oublier et elles reviennent de temps en temps dans mes rêves. Voilà, c'est tout.

Je m'étais énervé vers la fin de mon récit. Kim, pour me calmer, me frotta doucement le dos. Cela me réconforta et me fit sourire : c'était justement ce que ma mère avait coutume de faire quand j'étais petit, mais j'évitai de le mentionner.

La conversation était terminée pour ce jour-là. Elle reprit quelques jours plus tard. Les circonstances étaient différentes, ainsi que les propos, mais le résultat fut le même : le désir que nous avions d'être ensemble devint si fort, à la fin de l'hiver, que je quittai définitivement la petite maison de Cap-Rouge pour m'installer chez Kim.

Mon seul regret, qui était immense, fut d'abandonner Matousalem, trop vieux pour s'accoutumer à un territoire inconnu. Heureusement, les nouveaux locataires se prirent d'amitié pour lui et me jurèrent de veiller à son confort, de respecter ses habitudes et de lui passer ses moindres caprices.

11

LA DEUXIÈME VISITE

J'attachais la plus grande importance aux lettres d'amour et lorsque j'en écrivais trois ou quatre par semaine, il me semblait que je n'avais pas perdu mon temps.

Cette semaine-là, j'avais déjà dépassé ce nombre et on n'était que jeudi, alors je m'octroyai un demi-congé. Au lieu de travailler sérieusement, je m'offris le luxe de lire des œuvres épistolaires dont le style était trop relevé pour que je songe à en insérer des extraits dans les lettres destinées à mes clients. Par exemple, ces phrases écrites au début des années 1920 par Katherine Mansfield :

> *L'air a une légère odeur de mandarines lointaines avec un rien de muscade... Je pense bien souvent à vous. Surtout le soir, quand je suis sur mon balcon et qu'il fait trop noir pour écrire ou rien faire d'autre que d'attendre les étoiles... On se sent à demi désincarné, assis comme une ombre au seuil de sa personne pendant que monte la marée obscure.*

Ensuite je cédai à une de mes manies, qui consistait à examiner la version française d'un roman américain : j'avais observé depuis longtemps que la traduction *made in France* des passages où il était question de baseball ou de football comportait des inexactitudes et même des contresens.

Cette lecture m'agaçant un peu, je l'abandonnai. Pour me détendre le dos, je me levai et jetai un regard sur le jardin où le cerisier japonais était en fleurs. Sous la chaleur du soleil, les bourgeons avaient éclaté et l'arbre tout entier s'était mué en un bouquet géant de fleurs roses. Déjà les pétales se répandaient non seulement dans le jardin mais aussi de l'autre côté de la haie de chèvrefeuille, sur le trottoir et dans l'avenue Sainte-Geneviève où le vent d'ouest les entraînait au loin.

Perdu dans ma contemplation, j'entendis sans y prêter attention le grincement du portail métallique, des pas dans l'escalier intérieur puis devant la porte de mon bureau. Me rendant compte que c'était un client, j'eus un mouvement d'humeur, car je n'avais pas du tout envie de me remettre au travail... Et puis, soudainement, je compris mon erreur : ces pas, je les reconnaissais et il y avait longtemps que j'espérais les réentendre !

J'attendis d'avoir retrouvé mon calme et j'allai ouvrir. C'était le Vieil Homme. Il portait toujours son drôle de chapeau et son imperméable d'allure militaire.

— Bonjour, dis-je.

Il ne répondit pas et je m'écartai pour le laisser passer. Je lui indiquai le fauteuil et il s'assit et croisa les jambes, posant son chapeau sur ses genoux.

— Vous ne me reconnaissez pas ? demanda-t-il.

— Mais si, dis-je. Vous voulez écrire une lettre à votre femme.

— C'est ça.

Il avait l'air satisfait. Pour profiter de cette bonne disposition et pour l'empêcher de se dérober comme la première fois, je décidai d'adopter une attitude plus autoritaire. Sortant mon bloc à écrire et ma plume du tiroir, je demandai abruptement :

— Comment aimeriez-vous commencer votre lettre ?

— Pardon? fit-il.

— Voulez-vous commencer par «Ma chère femme» ou par «Chère amie», ou encore préférez-vous utiliser son prénom?

— Je préfère «Ma femme».

— Comme vous voulez, dis-je, et je prononçai les deux mots à haute voix en les écrivant. C'est un truc que tout le monde connaît dans la profession: vous répétez les derniers mots du client, leur donnant ainsi un caractère officiel, et d'habitude le client se sent obligé d'ajouter quelque chose.

Mais le Vieil Homme n'ajouta rien du tout. Son silence faisait mentir ma belle théorie. J'eus beau répéter «ma femme» deux ou trois fois, laissant la dernière syllabe en suspens comme un pont-levis entre nous deux, il n'eut aucune réaction. J'eus même l'impression qu'il commençait à se demander si j'étais dans un état normal.

Je tâchai de reprendre l'initiative:

— Alors, qu'est-ce qu'on lui dit, à votre femme?

Il attrapa son chapeau et se leva brusquement. J'étais convaincu que, mû par une impulsion subite, il allait encore une fois quitter les lieux. En fait, il se rendit à la fenêtre et, le chapeau à la main, il esquissa un geste pour désigner le jardin. Je m'approchai, croyant qu'il voulait me montrer quelque chose en particulier, mais il refit son geste et je compris qu'il pensait à tout ce qui se trouvait dans le jardin: le vert tendre des feuilles, le mélange d'ombre et de soleil, la magnificence du cerisier en fleurs, les multiples éclats de lumière qui s'accrochaient au feuillage des arbres.

— On lui parle de tout ça, dit le Vieux.

— On lui dit que le printemps est arrivé depuis un moment et que vous vous ennuyez d'elle?

— Exactement.

Je retournai à ma table de travail, avec déjà

quelques phrases dans la tête. Je commençai la lettre par ces mots :

Depuis que le printemps est arrivé, je m'ennuie sérieusement de toi.

Étant un fervent admirateur d'Ernest Hemingway et de ses disciples, les minimalistes, j'avais pour principe d'éviter autant que possible les adverbes, mais en l'occurrence le mot « sérieusement » avait l'avantage d'accrocher l'œil ; de plus, il laissait entendre que le Vieux s'ennuyait depuis un moment déjà. Je conservai donc l'adverbe et poursuivis la lettre en ces termes :

Aujourd'hui j'ai vu un arbre en fleurs, un cerisier japonais, à ce qu'on m'a dit. Un vent d'ouest éparpillait les fleurs partout dans le jardin et même dans les rues voisines, et ça m'a fait penser à toi. À ta chaleur et à ta générosité.

Je lisais tout haut ce que j'écrivais, attentif à la réaction du Vieux. Il ne broncha pas au mot « générosité », ce qui signifiait que j'étais sur une bonne piste. Toutefois, j'avais intérêt à éviter les termes trop précis, car je ne connaissais pas sa femme : il ne m'avait encore rien dit à son sujet.

— Vous savez, dis-je sans le regarder, la lettre serait de meilleure qualité si je connaissais un peu mieux votre femme…

— C'est évident, dit-il d'une voix bourrue.

Je levai la tête, pensant qu'il acceptait de me parler d'elle, de son caractère, de ses goûts, de ses habitudes… Au contraire, il montrait un visage hostile, et je vis très nettement, cette fois, passer dans son regard la lueur étrange que j'avais cru apercevoir à sa première visite.

Devant une attitude aussi inquiétante, il valait mieux ne pas insister. Je repris la lettre en essayant de m'en tenir à des expressions convenues :

> *L'appartement est vide et désolé depuis que tu n'es plus là. Ton image ne me quitte pas une minute.*

Cette dernière phrase, je la connaissais par cœur : elle n'avait l'air de rien, mais je l'avais prise dans une lettre que Paul Éluard avait écrite à Gala en avril 1928.

J'ajoutai encore trois ou quatre phrases, puis je conclus de la façon suivante :

> *Si un jour il te prenait l'envie de revenir, sache bien que ta place est toujours libre et que tu serais accueillie très affectueusement,*
>
> ton mari.

Dans chaque lettre, j'essayais de mettre de la vie, de l'émotion ; sans émotion, les mots ne veulent rien dire. Dans le cas présent, ce n'était pas trop difficile puisque j'avais vécu la même expérience que le Vieux. Je relus toute la lettre à voix haute pour être sûr d'avoir son approbation. Je n'étais pas mécontent de moi : pour une fois j'avais réussi à écrire une lettre d'amour sur-le-champ, comme l'exigeait la tradition.

Mais le Vieil Homme ne réagissait pas du tout.

— Quelque chose ne vous convient pas ? demandai-je.

— Mais non, tout va bien, dit-il.

— Ce sera encore mieux quand j'aurai des renseignements plus précis sur votre femme !

J'étais un peu vexé... Contre toute attente, je vis un sourire éclairer furtivement son visage ridé et buriné ; c'était la première fois. J'en profitai pour lui demander :

— Vous ne pourriez pas m'apporter une photo d'elle ?

Il fit signe que oui, ensuite il se leva et se mit à marcher de long en large comme je l'avais vu faire dans son appartement. Pendant ce temps, je recopiai la lettre sur un papier vélin avec ma Waterman; j'ai ce qu'il est convenu d'appeler une belle main.

— Vous n'aurez plus qu'à la signer, dis-je. Ça vous va?

— Oui, dit-il.

Je sortis une enveloppe du tiroir.

— Voulez-vous que j'écrive l'adresse?

— C'est pas nécessaire, dit-il après une seconde d'hésitation.

— Comme vous voudrez.

Je pliai la lettre en trois et la glissai dans l'enveloppe. Quand il la prit, je remarquai ses mains déformées par l'arthrite. Après avoir mis l'enveloppe dans la poche de son imperméable, il me quitta sans un mot de remerciement et sans avoir pris rendez-vous. Et, bien sûr, sans s'être informé de mes honoraires.

12

L'ÉCRIVAIN QUI NE SAVAIT PAS DIRE NON

J'entrai au Relais de la place d'Armes et, comme d'habitude, mon café était déjà sur le comptoir.

— Bien dormi? demanda la vieille Marie avec son sourire timide.

— Pas mal, dis-je. Et vous?

— Très bien.

Elle m'avait vu venir encore une fois. Pourtant, il était rare que je prenne mon petit déjeuner au restaurant. Cela n'arrivait que les matins où Kim, après avoir travaillé toute la nuit, accueillait un visiteur de dernière minute et se trouvait ainsi dans l'impossibilité de partager avec moi cette courte demi-heure qui nous réunissait entre la fin de son travail et le début du mien.

En pareil cas, elle trouvait quand même le moyen de se libérer un instant et, tandis que je dormais encore, elle descendait chez moi et me mettait des petits mots: je les découvrais à mon réveil dans la poche de mon peignoir, dans le frigo ou dans le sucrier. Certains jours, toutefois, les petits mots ne m'empêchaient pas de ressentir une sorte de frémissement douloureux auquel je ne savais pas s'il fallait donner le nom de chagrin ou de jalousie.

De ce sentiment qui n'avait pas de nom précis, la vieille Marie ne savait rien. Je ne lui avais pas fait de confidences. Mais son sourire, et cette façon qu'elle avait d'effleurer ma main en posant le napperon et le couvert devant moi, me laissaient croire qu'elle se doutait de quelque chose. Bien sûr, elle était trop discrète pour se permettre la moindre allusion à ma vie privée. Elle avait une autre manière de m'aider.

Je lui avais dit que j'étais à la recherche de phrases empruntées à la correspondance amoureuse des auteurs, me gardant bien, cependant, de lui révéler de quelle manière je les utilisais dans mon travail.

Alors ce matin-là, pendant que je buvais mon jus d'orange, la vieille Marie prit un livre qui se trouvait sur une tablette, derrière le comptoir. Elle mit ses lunettes et lut le passage suivant:

La pluie qui n'arrêtait plus depuis deux jours et une nuit vient de cesser, pour peu de temps sans doute, mais enfin c'est un événement digne d'être fêté, et je le fais en vous écrivant.

— Mais c'est très bien! dis-je. C'est exactement ce que je cherche!
— C'est vrai? fit-elle.

Elle faisait de son mieux pour avoir l'air modeste, mais comme ses lunettes lui tombaient sur le nez, je voyais bien que ses yeux brillaient de contentement.

— Et c'est de qui? demandai-je.
— Franz Kafka, dit-elle. Elle me tendit le livre, qui était intitulé *Lettres à Milena*. C'était un beau livre: le mot *Milena* était de couleur bordeaux, et les deux autres mots de couleur lilas. Une serviette en papier signalait un autre passage, qui se lisait comme suit:

Je suis fatigué, je ne sais et ne désire plus rien que de poser ma tête sur tes genoux et sentir ta main sur ma tête et rester là toute l'éternité.

— C'est encore mieux! dis-je. Merci mille fois.
— Il n'y a pas de quoi, dit-elle. Mais en toute franchise, je n'aime pas beaucoup ce Kafka...
— Pourquoi?
— Je ne sais pas... On dirait qu'il a toujours peur de quelque chose. Un jour, Milena lui donne un rendez-vous et il ne peut pas y aller parce qu'il est incapable de mentir au directeur du bureau où il travaille. Qu'est-ce que vous dites de ça?

Je hochai la tête pour lui montrer que je désapprouvais ce genre d'attitude. Elle sourit et, se retournant vers son coin-cuisine, elle étala du beurre sur les deux toasts qui venaient de sauter du grille-pain; elle coupa les toasts en diagonale, les mit dans une assiette avec deux godets de marmelade et posa l'assiette à côté de mon napperon, car j'étais en train de transcrire sur celui-ci les deux extraits de la correspondance de Kafka.

Elle me quitta pour servir des gens qui venaient de s'installer au comptoir et bientôt je fus enveloppé par la rumeur paisible des conversations du matin. J'entendis quelqu'un se plaindre de ce que la météo avait annoncé de la pluie. J'avais fini de manger lorsqu'elle revint, une cafetière à la main.

— Je réchauffe votre café? proposa-t-elle.
— Non merci, dis-je. Il faut que je parte. J'ai un client qui doit venir très tôt.

Elle en versa quand même une demi-tasse. C'était chaud et je bus seulement deux petites gorgées, l'œil sur ma montre: j'étais déjà en retard. Après avoir réglé la note et laissé un pourboire, je sortis en toute hâte mais revins aussitôt pour prendre le napperon que j'avais oublié.

— Je vous aime beaucoup, murmurai-je à la vieille Marie.

Le ciel se couvrait. Je passai par la place d'Armes et la rue Mont-Carmel. Comme toujours, avant les rendez-vous, j'étais inquiet sans raison et j'avais la gorge un peu serrée. Le temps de monter à mon bureau, de faire sortir Petite Mine, mon client était déjà dans l'escalier. Je le fis entrer.

C'était l'écrivain le plus populaire de Québec. Un petit homme maigre et nerveux, légèrement paranoïaque. Il me serra la main avec chaleur.

— Je n'ai pas été suivi, dit-il en ôtant ses lunettes noires.

— Tant mieux, dis-je. Comment allez-vous?

— Ça pourrait être pire. Et vous? Beaucoup de travail?

— Pas trop.

Il avait tort de se méfier des gens: tout le monde l'aimait. Romancier, il n'écrivait que des best-sellers. Ses livres étaient commentés favorablement dans tous les journaux, ils étaient mis en films ou en feuilletons télévisés, et les gens se rendaient en auto avec leurs enfants sur les lieux du tournage pour visiter les décors, tellement ils étaient attachés aux personnages et à l'histoire qu'il avait racontée.

Connu et apprécié de tous, l'écrivain était sollicité par de nombreuses personnes qui réclamaient sa présence à des événements n'ayant parfois aucun caractère littéraire. Il ne pouvait accepter toutes les invitations. Or, au moment d'écrire les lettres de refus, il avait un blocage: il craignait que les gens cessent de l'aimer.

Cette fois encore, il arrivait avec une liste d'invitations. Certaines lui avaient été faites par téléphone et il avait répondu qu'il allait réfléchir; d'autres étaient arrivées par le courrier. Quand il me tendit la liste, j'eus du mal à réprimer un sourire: une des invitations venait du Cercle des fermières de Sainte-Pétronille, une autre du Club Automobile de Québec.

— Vous n'auriez pas pu décliner l'invitation du Cercle des fermières? demandai-je.

— Non, dit-il. Je suis né à la campagne. J'ai toujours peur que les gens pensent que je renie mes origines.

— Je vous comprends... Et pourquoi vous invitent-elles, ces fermières?

— Elles organisent une sorte de brunch avec vin et fromages, et on invite un écrivain ou une personne connue afin de...

— ...rehausser l'éclat de la réunion?

— Quelque chose comme ça.

— Ça vous tente d'y aller?

— Pas du tout, ça risque de réveiller mon ulcère, et puis je suis en retard dans mon travail.

— Bon. Je vous fais une lettre pour dire aux fermières de Sainte-Pétronille que leur village est l'un des plus beaux du monde, qu'il occupe une place spéciale dans vos pensées, qu'il n'y a pas de meilleur endroit pour regarder passer les bateaux sur le fleuve et pour admirer les lumières de Québec pendant la nuit, et que vous avez l'intention de leur rendre visite aussitôt que votre travail sera assez avancé. Ça vous va?

— Vous pouvez écrire ça?

— Bien sûr.

Son visage crispé se détendit, et il me regarda avec reconnaissance. Je lui proposai quelques idées pour répondre à l'invitation du Club Automobile de Québec et à chacune des autres invitations. Il accepta toutes mes propositions, l'air très heureux. J'étais étonné de le voir aussi sensible, aussi fragile, et je le trouvais presque pathétique.

Il se leva, fit quelques pas nerveusement et s'arrêta devant la photo du *Scribe accroupi*.

— Ce qui compte, dit-il, c'est la manière de dire les choses.

— Vous voulez dire le style?

— Ah non! fit-il en se retournant vers moi. Le style, c'est tout autre chose!

— Vous croyez?

— Mais oui. Est-ce que vous connaissez cette phrase de Flaubert: «Le style est à lui tout seul une manière absolue de voir les choses»?

Il répéta la phrase trois fois en soulignant successivement les mots «à lui tout seul», manière «absolue» et «voir» les choses. Emporté par l'émotion, il déclara qu'il avait trouvé cette phrase dans le cahier littéraire d'un quotidien et que les mots avaient crépité devant ses yeux comme les flashes d'un appareil-photo.

— Ça m'a donné un coup, dit-il. Pour Flaubert, le style n'est pas une façon de *dire* les choses mais plutôt une façon de *voir*! Ce n'est pas un mode d'expression, mais un mode de pensée. C'est-à-dire un point de vue, une philosophie. Ça fait toute la différence du monde! Vous vous rendez compte de ce que ça signifie?

Je restai sans voix, ne sachant pas s'il me posait une question ou s'il s'agissait d'un procédé oratoire. De toute manière, la portée exacte de la définition de Flaubert était une chose qui me dépassait complètement. Alors il expliqua:

— Ça signifie que dans un roman, par exemple, le style est ce qui compte le plus... Ça signifie que les critiques littéraires se trompent lorsqu'ils insistent longuement sur l'histoire que le roman raconte et sur le contenu autobiographique, et qu'ils se contentent de glisser un mot rapide, à la fin, sur les qualités ou les défauts de l'écriture... Ça signifie qu'ils passent à côté de l'essentiel. Vous comprenez?

— Oui, dis-je. C'est plus grave que je pensais.

J'avais pris, sans le vouloir, un ton ironique. Il revint s'asseoir en face de moi et m'observa un moment sans rien dire.

— Vous trouvez que j'exagère?

— Oui, un peu, dis-je. Il y a des gens qui ont des émissions littéraires ou des chroniques dans les journaux depuis dix ans, vingt ans... Si Flaubert a raison, il faut en conclure que toutes ces années de travail ne riment à rien et qu'elles ont été complètement perdues! Oseriez-vous dire une chose pareille?

Il parut ébranlé.

— Certainement pas, dit-il après un long silence. Je commence à me demander si Flaubert...

— Oui?

— Peut-être qu'il buvait de l'absinthe ou quelque chose de ce genre?

— J'en sais rien, dis-je. Pourquoi?

— À tout prendre, c'est plus raisonnable de croire que Flaubert avait bu quelque chose de fort ou qu'il était dans une période de surmenage quand il a écrit sa petite phrase.

Cette question étant réglée, il jeta un coup d'œil à sa montre et se leva, disant qu'il avait une interview dans une station de radio à la Cité universitaire.

— On ne peut pas tout refuser! dit-il pour s'excuser.

— Bien sûr, dis-je.

— Demain matin, je me remets au travail.

— Bonne chance! Vos lettres seront prêtes dans quelques jours et je vous ferai signe.

Après son départ, je me rappelai certains détails qu'il m'avait donnés, un jour, au sujet de son travail: il écrivait de 9 heures à 5 heures, du lundi au vendredi, avec la régularité d'un fonctionnaire mais sans prendre les congés auxquels ce dernier avait droit. Sa peur de perdre l'affection des lecteurs était si grande qu'il renonçait de lui-même à la liberté que lui permettait, en principe, son travail d'écrivain.

Je connaissais au moins un auteur qui n'appréciait pas cette façon de travailler: Raymond Chandler. J'avais lu quelques phrases à ce sujet dans sa correspondance. Par simple curiosité, avant de commencer les lettres de refus, j'allai consulter le texte de Chandler dans la mémoire de mon ordinateur, derrière le paravent. Chandler avait écrit :

Je lis tout le temps de petites choses par des écrivains qui prétendent ne pas avoir besoin d'attendre l'inspiration ; ils s'asseyent seulement à leur petit bureau le matin à huit heures, qu'il pleuve ou qu'il fasse beau, avec la gueule de bois, un bras cassé et tout et tout, et ils tapent leur petite besogne quotidienne. Ils peuvent avoir la tête vide et l'esprit terne, ils ne veulent pas entendre parler d'inspiration. Qu'ils croient à mon admiration bien sincère, mais j'éviterai leurs livres.

Et il avait ajouté :

Moi j'attends l'inspiration, que je n'appelle pas obligatoirement de ce nom. J'affirme que tout ce qu'on écrit de vivant vient du plexus solaire.

Il me fallut admettre que je ne voyais pas très bien comment les mots pouvaient venir du plexus solaire, et je décidai de garder cette question en réserve pour la prochaine visite de l'écrivain-qui-ne-savait-pas-dire-non.

En revenant à ma table de travail, je jetai un coup d'œil par la fenêtre et notai un peu distraitement qu'une jeune fille au sweat-shirt bleu pâle, appuyée au mur de la maison d'en face, semblait regarder en direction du jardin. J'allais me remettre à travailler quand soudain je me rendis compte qu'il s'agissait de la très jeune fille que j'avais aperçue dans une calèche avec le Vieux et que j'avais revue ensuite dans une librairie. Je retournai vivement à la fenêtre. La fille s'éloignait dans l'avenue Sainte-Geneviève. Sa présence m'intrigua, et il me vint une envie irrésistible de la suivre. Comme il tombait une pluie fine, je pris mon parapluie et, mettant un chandail sur mes épaules, je sortis en courant.

13

VA ÉCRIRE TES HISTOIRES, PETIT !

Sitôt rendu sur le trottoir, je vis que la fille s'était éloignée d'une vingtaine de mètres en direction de la terrasse Dufferin. À cause de la pluie, je suppose, elle avait relevé le capuchon de son sweatshirt. Je me mis à la suivre, me réservant la possibilité de changer d'idée à tout moment si les choses se compliquaient. Je tenais mon parapluie incliné vers l'avant pour cacher mon visage.

À partir de chez Kim, l'avenue Sainte-Geneviève monte légèrement, et au sommet de cette pente on débouche d'un coup sur un paysage dont la majesté vous coupe le souffle. En voyant la fille disparaître en haut de la côte, je pressai le pas. Je me sentais l'âme de Humphrey Bogart dans *The Big Sleep*. Mais lorsque je parvins à l'endroit où je l'avais perdue de vue, j'eus beau me tourner de tous les côtés : vers la Terrasse, vers le Château, vers la rue Laporte, elle n'était nulle part. J'étais tout seul avec mon parapluie en face du fleuve que j'apercevais à travers le feuillage vert tendre des arbres et qui me paraissait encore plus vaste du fait que le gris du ciel se mélangeait avec celui de l'eau.

Faute d'une meilleure idée, je pris à gauche et fis le tour du pâté de maisons, revenant par la rue des Grisons. Ensuite j'allai voir si elle ne se trouvait pas en haut de la rue Saint-Denis. Je la cherchai en vain, elle s'était évaporée.

Je repris le chemin de mon appartement en me demandant pourquoi j'étais si nul. Tout à coup je sursautai: la fille était là sur le trottoir, à cinquante pas, elle venait vers moi! J'inclinai vivement le parapluie sur mon visage. Une seule explication était possible: elle avait contourné l'îlot où j'habitais.

Au bout de dix pas, très énervé, je risquai un coup d'œil au ras de mon parapluie... Elle n'était plus là, elle avait disparu encore une fois! Comme il n'y avait pas de rue transversale, elle devait être encore tout près... Lorsque je passai devant une porte cochère grande ouverte, où je pouvais voir une rangée de poubelles et, plus loin, une cour intérieure, je compris qu'elle était entrée à cet endroit. C'était le numéro 29 de l'avenue Sainte-Geneviève.

Cette porte cochère, je l'avais empruntée de nombreuses fois à l'époque de mes études universitaires: elle permettait d'entrer, par l'arrière, dans un demi-sous-sol où j'avais habité avec deux chats, et dont l'entrée principale donnait sur la rue Saint-Denis. Un soir d'hiver, mes chats, qui étaient encore jeunes et n'avaient jamais osé sortir de la cour intérieure, s'étaient aventurés jusque dans l'avenue; j'avais suivi la trace de leurs pas dans la neige, mais les empreintes disparaissaient au premier coin de rue, alors j'avais erré dans le quartier toute la nuit en les appelant par leur nom, à voix basse pour ne pas réveiller les voisins. Je ne les avais jamais revus.

Je m'engageai dans l'entrée, qui était très sombre, et je fis semblant de fouiller dans mes poches pour jeter quelque chose dans une poubelle. Je trouvai un kleenex et j'allais le tirer de ma poche quand je sentis quelque chose de dur entre mes omoplates. Et une voix grave commanda:

— Bouge pas, mon bonhomme!

Il faut croire que j'avais trop vu de films policiers dans ma vie, car j'eus le réflexe de lever les deux mains au-dessus de ma tête. Ce geste me donna un air d'autant plus ridicule que mon parapluie était resté ouvert... Une main se mit à tâter les poches de mon jean, puis la voix m'ordonna de me retourner. Ce que je fis, sans baisser les bras. Même dans la pénombre, je reconnus facilement la fille que j'avais déjà vue deux fois.

— Recule un peu, pour voir.

Elle pointait quelque chose vers moi à travers le manchon de son sweat-shirt. Je reculai, et elle m'arrêta dès que je me trouvai dans la lumière grise de la cour.

— Tu peux baisser les bras et fermer ton parapluie.

— Merci, dis-je, heureux de retrouver un minimum de dignité.

— C'est toi qui étais à la librairie?

— Oui.

— Et aujourd'hui tu m'as suivie... Pourquoi?

— C'est vrai, dis-je. Comment vous en êtes-vous aperçue?

— La pluie s'était arrêtée et ton parapluie était encore ouvert... C'était facile de voir que tu voulais cacher ton visage.

— Je suis vraiment nul!

Je pris un air dépité, en exagérant un peu, et elle eut un bref sourire. Mais tout de suite elle reprit:

— Tu n'as pas répondu à ma question.

— Quelle question? demandai-je innocemment.

— Pourquoi tu me suivais.

— Peut-être que je suis un vieux satyre et que si je vois une fille qui regarde vers ma fenêtre, je me dépêche de sortir et de la suivre...

— Je pense que non.

— Pourquoi?

— Parce que tu me dis *vous*. Au lieu de te rapprocher, tu mets une distance entre nous.

— Et vous, vous ne mettez pas de distance entre vous et les gens?

— J'ai une autre façon de me défendre...

De nouveau, elle fit saillir quelque chose de pointu sous l'étoffe de son sweat-shirt.

— Vous avez une arme? demandai-je.

— T'as peur?

— Bien sûr.

Je disais ça pour lui faire plaisir. Ce n'était qu'une petite fille, je n'avais pas peur d'elle malgré son air farouche et ses yeux noirs. Et puis, cette fois encore, son visage où se mêlaient diverses origines m'intriguait et me fascinait.

— C'est rien qu'un couteau, dit-elle.

— J'aime autant. Je ne suis pas très courageux.

— Es-tu assez courageux pour m'inviter au restaurant? Je meurs de faim. Je donnerais n'importe quoi pour un club-sandwich.

Je regardai ma montre: midi vingt-cinq.

— D'accord, mais il faudra que je donne un coup de téléphone à Kim.

— Qui c'est? Ta femme?

— Mais non, c'est une amie.

— Qu'est-ce qu'elle fait, dans la vie?

Je répondis de mon mieux à cette question et à plusieurs autres pendant que nous marchions vers la place d'Armes. Elle n'avait pas dit où elle voulait manger son club-sandwich, alors je l'emmenai au Relais par simple habitude. Elle se montra très intéressée par le travail de Kim et il me fallut expliquer comment mon amie soignait les gens malheureux en utilisant les rêves et les associations de mots, ainsi que diverses techniques comme le massage, la chaise berçante, la lecture et les chansons, qui révélaient le côté maternel de sa personne.

Déjà confuses parce que Kim ne me parlait que rarement de son travail, mes explications devinrent encore plus obscures lorsque nous arrivâmes en bas de la côte Haldimand où une vitrine, tout à coup, me renvoya une image qui m'atteignit comme un couteau en pleine poitrine : celle d'un homme aux cheveux gris, très maigre, accompagnant une fille dont il avait l'air d'être le grand-père, en mettant les choses au mieux.

— C'est quoi, ton nom? demanda la fille.
— Je m'appelle Jack, dis-je, espérant que ma voix n'indiquait pas à quel point le reflet dans la vitrine m'avait déprimé.
— Moi, c'est Macha. Et qu'est-ce que tu fais?
— Je suis écrivain public.
— Tu écris des lettres pour les autres?
— Bien sûr.
— Des lettres d'amour?
— Mais oui.

Je crus qu'il y avait de l'admiration dans sa voix, ce qui me réconforta, mais très vite je compris qu'il n'en était rien et qu'en fait elle s'était montrée très habile : elle avait probablement suivi le Vieux quand il se rendait chez moi et, par ses questions en apparence ingénues, elle avait réussi à me faire dire pourquoi il avait recours à mes services.

Nous arrivions au Relais. J'étais bien décidé à retourner la situation en ma faveur. La première chose à faire, c'était de l'amener à me parler du Vieil Homme et des rapports qu'elle entretenait avec lui. Elle voulut s'asseoir à l'une des tables nouvellement installées sur le trottoir, mais comme le ciel restait menaçant, je lui suggérai plutôt d'entrer. Elle accepta et, plus rapide que moi, elle choisit une banquette au bout d'une rangée, près de la fenêtre ; je notai qu'elle s'asseyait du côté qui lui donnait une vue sur la place d'Armes.

Au téléphone, Kim ne me posa aucune question, sinon pour demander si tout allait comme je le souhaitais. Elle avait travaillé plus longtemps que prévu et il y avait une telle douceur dans sa voix fatiguée que j'eus envie d'enrouler le cordon du combiné autour de mon cou.

La vieille Marie se trouvait avec la très jeune fille quand je regagnai ma place. Elle avait apporté les menus et les couverts. Elle me salua avec le même naturel que si elle avait coutume de me voir tous les jours en compagnie d'une fille de cet âge.

— Qu'est-ce que ce sera? demanda-t-elle en sortant son bloc de commandes.

— Deux club-sandwiches, dis-je.

— Avec des frites?

— Oui, dit la fille. Et un cappuccino pour moi.

— Il n'y en a pas, dit calmement Marie.

— Vous n'avez pas de cappuccino? s'étonna la fille, haussant le ton et détachant les syllabes: on sentait dans sa voix un mépris sans bornes pour ce restaurant qui ne se donnait pas la peine de servir le café qu'elle préférait.

Nos voisins se tournèrent vers nous. J'étais dans mes petits souliers.

— On a du très bon chocolat chaud, dit Marie, qui restait imperturbable.

— Un chocolat pour moi, dis-je d'une voix blanche.

— Moi aussi, dit la fille après un moment d'hésitation.

— Alors deux club-sandwiches, deux frites et deux chocolats, résuma la vieille Marie.

Après son départ, la fille se mit à fouiller dans le manchon de son sweat-shirt. Elle en sortit un couteau à cran d'arrêt qu'elle plaça à l'autre bout de la table, où se trouvaient le sel et le poivre, un cendrier et la distributrice de serviettes en papier, et elle sortit également un livre qu'elle posa sur le couteau. C'était *Plein de vie,* le roman de Fante.

— Ça te dit quelque chose ? demanda-t-elle.

— Bien sûr, dis-je. Vous l'avez piqué à la librairie ?

— Non, ils ont un détecteur à la sortie... J'ai été obligée de séduire un vendeur.

Je ne sais pas si elle voulait me montrer comment elle s'y était prise, ou si c'était simplement à cause de la chaleur qui régnait dans le restaurant, en tout cas elle retira son sweat-shirt. En dessous, elle ne portait qu'un débardeur un peu trop grand et d'un blanc douteux, et chaque fois qu'elle se penchait, c'était difficile de ne pas regarder la naissance de ses seins, qui n'étaient pas si petits que je l'avais cru. Aux tables les plus proches, les clients louchaient vers l'emmanchure de son vêtement, et ceux qui sortaient du restaurant faisaient un détour pour passer à côté de nous.

— Tu avais raison, continua-t-elle, c'est un très bon livre. Je l'aime beaucoup.

— Tant mieux, dis-je.

Qu'elle fût de mon avis me procura une vive satisfaction : cela montrait que je n'étais pas encore un vieux débris. Je lui demandai ce qui lui plaisait le plus dans le livre de Fante. Elle me répondit que c'était la vivacité de l'écriture et le fait qu'elle voyait très bien les personnages. Je la regardais droit dans les yeux en l'écoutant, pour ne pas être distrait par son décolleté. Il y avait une scène qui lui plaisait en particulier et elle entreprit de la raconter, mais ce fut à ce moment que Marie apporta les club-sandwiches.

La serveuse n'avait oublié ni la salade de chou, ni les olives, ni la mayonnaise. Sa seule présence, avec sa coiffe blanche qui faisait penser à l'infirmière-chef dans *L'Adieu aux armes,* eut pour effet d'éteindre la libido qui luisait dans les yeux de nos voisins. Elle nous proposa des sundaes au caramel pour dessert, ce qui fut accepté sans discussion.

Je laissai la fille attaquer son club-sandwich ; elle avala plusieurs grosses bouchées en alternant avec des frites, puis je demandai :

— Et alors, cette scène que vous aimez ?

— J'aime beaucoup le vieux bonhomme, dit-elle en se léchant les doigts. Elle trempait le bout de chaque frite dans la mayonnaise.

— Le père du narrateur ?

— Oui, le vieux poseur de briques. Il est génial ! Il a des mains grandes comme des truelles, des épaules de boxeur, il mâchouille sans arrêt un cigare et il cache ses mégots dans tous les coins de la maison et sur les branches basses des arbres du jardin. La scène que je préfère c'est quand Fante, je veux dire le narrateur, va le chercher pour qu'il répare un gros trou dans le plancher de sa maison. Tu t'en souviens ?

— Bien sûr…

Par moments, au lieu de me regarder, elle jetait un coup d'œil à l'extérieur par-dessus mon épaule. Quand j'entendis les sabots d'un cheval, je compris ce qui se passait : le ciel se dégageait et les calèches revenaient l'une après l'autre s'installer à la place d'Armes, du côté droit de la fontaine.

— Et alors ? fis-je, légèrement agacé : je commençais à me demander si c'était bien moi qui l'avais amenée au Relais et non l'inverse.

— Alors le père de Fante n'est pas pressé de se mettre au travail. Il boit du chianti et il fume des cigares. Il examine le trou dans le plancher. Il déclare à son fils que le plancher n'est même pas d'aplomb et lorsque Fante, qui devient impatient, lui offre son aide, tu te souviens de ce qu'il lui répond ?

— Oui, dis-je, d'une voix faussement enjouée, je m'en souviens...

— Il lui dit: «Va écrire tes histoires, petit!»

Je m'en souvenais très bien. Cette phrase sèche et péremptoire m'avait blessé, en dépit du fait que je ne me considérais pas comme un véritable écrivain, car elle m'avait rappelé une phrase du même genre, prononcée jadis par mon père quand je lui avais parlé du métier que je voulais exercer.

Occupé à ressasser ce souvenir, je me renfermai en moi-même et je n'entendis que de très loin le pas d'un cheval qui boitait légèrement. Quand je me rendis compte qu'il s'agissait de la calèche du Vieil Homme, il était déjà trop tard: la fille avait vidé son assiette et bu la dernière gorgée de son chocolat et elle était en train de ramasser son livre et son couteau, sans attendre le sundae au caramel.

— Merci beaucoup, dit-elle. C'était très bon.

Elle se leva, noua les manches de son sweat-shirt autour de sa taille, et une bonne moitié du restaurant la regarda sortir avec son débardeur un peu sale et trop largement échancré sur les côtés. Elle allait retrouver le Vieux, j'en étais tellement certain que je ne tournai même pas la tête pour vérifier.

14

UN S.O.S. DE KIM

Un soir, au début de juillet, j'étais chez Kim et je l'attendais pour souper. Elle avait emmené un de ses visiteurs au lac Sans Fond, pour faire une promenade en barque, et elle avait téléphoné, disant qu'elle allait rentrer tôt et qu'elle m'invitait à manger chez elle.

Pour dissimuler ma jalousie, je décidai de l'accueillir aussi bien que possible. Comme elle s'était beaucoup dépensée au cours des dernières semaines, le moins que je pouvais faire pour elle était de lui préparer un bain chaud et de me charger moi-même du repas.

Faire la cuisine ne me déplaisait pas. Malgré des connaissances très limitées en ce domaine, je m'occupais des repas plus souvent qu'à mon tour, car mon agenda était moins rempli que le sien. Et puis les femmes m'avaient fait à manger pendant si longtemps, je leur devais bien ça.

Entre Kim et moi, il n'existait pas de règles, mais nous avions nos petites manies. Pour ma part, je ne montais pas chez elle sans y être invité : je n'avais pas envie de faire le premier pas. Comme la plupart des hommes de mon âge, j'avais fait de nombreux efforts dans ma vie pour conquérir les femmes. J'avais essayé de les séduire avec des phrases et avec des fleurs, je les avais draguées dans les bars, invitées au cinéma et au restaurant, emmenées dans le Sud en hiver, et le cas échéant j'avais essayé de leur faire l'amour en me souciant de leur plaisir avant tout. Mais comme je n'étais ni très beau, ni très intelligent, ni très riche, tous ces efforts n'avaient donné que de maigres résultats. À présent, il me semblait que j'avais acquis le droit d'être un peu plus passif et que c'était au tour des femmes de chercher à me séduire.

À sept heures et quart, je commençai à faire couler l'eau dans la baignoire, me disant que je pouvais toujours la réchauffer si Kim tardait à rentrer. En attendant, je m'allongeai sur son lit. Certains soirs, quand elle ne travaillait pas de nuit, elle se collait contre moi pendant que je préparais le repas, elle me chatouillait ou me caressait, et puis, après le souper et notre promenade habituelle dans la rue Saint-Jean ou sur la Terrasse, elle me conduisait dans sa chambre, me déshabillait en prenant le temps de me regarder parce qu'elle savait que je trouvais du plaisir à être vu, et elle me faisait l'amour avec un soupçon d'autorité et une douceur infinie, en déployant toutes les ressources de son imagination.

Je me relevai pour vérifier si l'eau n'était pas en train de déborder. Elle atteignait à peine la moitié de la baignoire, mais je réduisis quand même le débit. En retournant dans la chambre de Kim, je m'arrêtai un moment devant la coiffeuse placée dans un coin de la pièce. Ce qui m'intriguait, et cela depuis ma première visite, ce n'était pas tant le meuble lui-même, qui n'était ni ancien ni original, mais plutôt les photos coincées sous le cadre du miroir ovale. Comme je ne savais pas grand-chose du passé de Kim, j'en avais reconstitué des fragments à partir de ces photos. L'une d'elles montrait Kim dans la trentaine, avec une fillette âgée de cinq ou six ans ; on voyait aussi l'ombre de celui qui avait pris la photo, et au bas de celle-ci on pouvait lire: «Ma femme, ma fille, mon ombre».

On retrouvait Kim avec la même fillette sur deux autres photos: l'une au bord d'un lac, l'autre dans une chaloupe. Et puis on la voyait toute seule, l'air mélancolique, dans un parc à San Francisco: je reconnaissais l'endroit à cause de la Coït Tower. Il y avait également des cartes postales, et ma préférée venait de la campagne avoisinant la petite ville de Sienne, en Italie: elle montrait une maison en pierre encadrée d'oliviers qui surplombait une colline verte et onduleuse, au pied de laquelle j'avais découvert, si bien cachée dans l'herbe qu'il fallait la chercher longtemps, une fleur qui me semblait être un coquelicot.

J'avais le nez collé sur la carte postale pour essayer de voir la petite fleur rouge, quand la sonnerie du téléphone me fit sursauter. Je notai, dans un coin de mon cerveau, que l'eau coulait toujours dans la baignoire, puis je décrochai:

— Allô?

— C'est toi, Jack? fit une voix rauque et cassée en petits morceaux. Il me fallut quelques secondes pour comprendre que c'était Kim.

— Kim! Il se passe quelque chose? demandai-je. Où es-tu?

— Au chalet.

— Le chalet du lac Sans Fond?

— Oui. Viens-t'en, s'il te plaît.

— J'arrive!

Je fermai les robinets de la baignoire et, descendant chez moi, j'attrapai mon blouson, mon trousseau de clés, mon portefeuille avec mon permis de conduire et les papiers du Volks, et je dévalai l'escalier. Après un instant de réflexion, je remontai pour prendre mes boîtes de pilules, et je redescendis l'escalier à toute vitesse. Dans le jardin, Petite Mine était installée au sommet de l'Arbre à chats et je lui donnai des croquettes et de l'eau pour deux jours.

En approchant du Volks, rue Saint-Denis, j'entendis la voix de la chanteuse Emmylou Harris; les rideaux étaient tirés et le store de la fenêtre moustiquaire était entrouvert: le Gardien était là. Je frappai deux coups à la fenêtre. Il n'y eut pas de réponse, alors je déverrouillai la portière et m'installai au volant.

— Excusez-moi, je suis très pressé, dis-je, m'efforçant de couvrir la voix de la chanteuse. Je vis dans le rétroviseur qu'il avait rabattu le dossier de la banquette et qu'il était étendu de tout son long. Je regrette de vous bousculer, ajoutai-je.

— Ça ne fait rien. De nos jours, tout le monde est très pressé. Quelle heure est-il?

— Huit heures.

— Du matin?

— Non, du soir. Je m'excuse, c'est une urgence: il faut que j'aille au secours de quelqu'un.

Je baissai nettement le volume de la radiocassette pour lui faire comprendre que, tout de même, le Volks m'appartenait et que c'était un cas urgent.

— C'est Kim? demanda-t-il.

— Qu'est-ce qui vous fait croire ça?

Je n'ignorais pas qu'il connaissait Kim, puisqu'il lui arrivait de dormir dans sa Range Rover, mais elle ne m'avait pas dit qu'ils s'étaient vus ces derniers temps.

— Une simple intuition, répondit-il, et il prit le temps de redresser la banquette puis d'écarter les rideaux et de les enserrer dans leur ganse à bouton-pression. Vous revenez ce soir? demanda-t-il.

— Ça ne dépend pas de moi, dis-je.

— Alors je dormirai dans le jardin.

— Faites comme vous voulez.

— Vous oubliez d'attacher votre ceinture, dit-il. Vous risquez d'avoir une contravention. C'est cher, les contraventions.

Il tendait la main. Je lui donnai un billet de dix dollars sans discuter et j'attachai ma ceinture. Il prit son sac à dos et son sac de couchage et il sortit par la porte coulissante, et je pus enfin démarrer. Mon énervement persista jusqu'au moment où je quittai l'autoroute Dufferin pour aller rejoindre la 73, qui menait droit vers les Laurentides.

À la hauteur de Stoneham, je tournai à gauche. Le lac n'était pas très loin et je fonçai aussi vite que me le permettaient les courbes et les cahots de la route, essayant de chasser de mon esprit une série d'images où Kim était la victime d'un agresseur sans visage. Quand j'arrivai au chemin de ceinture, je vis de loin que la Range Rover de mon amie était garée devant le chalet où elle emmenait ses patients. J'immobilisai le Volks derrière son véhicule.

La porte du chalet était entrouverte et, sitôt entré, je la refermai à cause des maringouins. Dans la salle de séjour, on avait bu de la bière, du vin et du cognac, et on avait fait du feu dans la cheminée. J'appelai Kim à voix haute, mais il n'y eut pas de réponse.

Je la trouvai dans une des chambres situées à l'arrière. Elle était étendue en travers du lit, enroulée dans un drap à fleurs et le visage enfoui dans un oreiller. Son immobilité m'effraya, et je fus très soulagé quand je vis qu'elle respirait. M'asseyant au bord du lit, je posai ma main sur son épaule et j'entendis deux ou trois mots étouffés par l'oreiller : elle ne voulait pas me montrer son visage. Penché sur elle, je lui caressai le dos par-dessus le drap, le plus doucement possible. Elle geignait comme un bébé, et j'étais surpris et intimidé parce que, depuis le début, elle incarnait à mes yeux la force, la stabilité. Je lui murmurai plusieurs fois:

— Allons, petite sœur...

À travers ses gémissements, je crus comprendre qu'elle demandait du café. Alors, pour qu'elle n'eût pas besoin de répéter, je proposai:

— Je te fais du vrai café. C'est prêt dans une minute.

Dans la cuisine, c'était la pagaille mais, pour éviter le bruit, je renonçai à ramasser la vaisselle sale et tout ce qui traînait. Il y avait de la semoule partout sur le comptoir. Je préparai le café en essayant de ne pas attacher trop d'importance aux détails qui avaient attiré mon attention dans la chambre: le désordre du lit, un creux dans le deuxième oreiller...

Lorsque je regagnai la chambre avec les deux tasses, Kim se retourna et je faillis renverser le café en apercevant son visage: elle avait la joue gauche tuméfiée et une ecchymose autour de l'œil. Elle avait reçu une bonne gifle et peut-être même des coups de poing, et il n'était pas question de faire semblant de n'avoir rien vu. Mes mains tremblaient un peu quand je posai les tasses sur la table de chevet.

— Qui t'a arrangée comme ça? demandai-je.

— C'est rien, marmonna-t-elle, tu aurais dû voir son visage à lui...

Elle sortit ses bras du drap fleuri, se dressa péniblement sur un coude et but une gorgée de café en grimaçant parce que sa lèvre supérieure était enflée.

— Merci d'être venu, dit-elle.

— Il n'y a pas de quoi. Je serais venu plus vite, mais j'ai été retardé par le Gardien.

Je voulais lui arracher un petit sourire mais ce n'était pas le moment, elle faisait d'énormes efforts pour dire quelque chose. Elle commençait une phrase, cherchait ses mots, s'arrêtait. De toute évidence, elle ne trouvait pas les mots qui convenaient. Puis j'entendis très nettement :

— Je suis sortie de mon rôle...

Ce bout de phrase n'était pas clair, mais il faut croire qu'il contenait l'essentiel de ce que Kim voulait dire car elle n'ajouta rien d'autre; il n'y eut pas de commentaires sur ce qui s'était passé. Elle but une deuxième gorgée de café et puis, me tournant le dos, elle se coucha sur le côté, mains entre les cuisses, et de nouveau j'entendis sa voix rauque et plaintive qui me mettait si mal à l'aise. Par moments, j'entendais aussi le frottement d'une branche de pin sur le toit du chalet.

Le drap fleuri avait glissé de son épaule, laissant voir qu'elle n'avait pas de vêtements, alors j'enlevai les miens pour lui éviter le contact trop rude de mon jean et pour d'autres raisons dénuées de toute noblesse. M'étant couché avec elle, je glissai un bras sous son cou, très doucement pour ne pas effleurer sa joue meurtrie, puis je mis l'autre bras autour de sa taille et en travers de sa poitrine. Elle se recula vers moi pour mieux s'appuyer contre mon ventre, et ses gémissements se firent plus rares.

Elle s'endormit sous l'effet de la fatigue. Alors un carrousel d'images se mit à tourner dans ma tête : Kim arrivait avec un homme – ils buvaient quelque chose – elle préparait un couscous – il faisait du feu dans la cheminée – ils allaient dans la chambre... L'image suivante était brouillée parce que je n'avais pas très envie de me représenter ce que Kim entendait par « Je suis sortie de mon rôle ».

Il faisait presque nuit quand elle se réveilla. J'avais faim, mon estomac faisait des gargouillis. Elle se tourna sur le dos et, à son air déboussolé et à la manière dont elle se blottit contre moi, je compris qu'elle était de nouveau submergée par une vague de tristesse. Quand on est malheureux, on est encore plus seul que d'habitude. Je la serrai fort dans mes bras en la berçant et en lui faisant les petites caresses qu'elle aimait bien, mais ce fut inutile. Alors il me vint une idée:

— Une petite minute, dis-je, je vais te mettre la «cassette sans fin».

J'étais assez content de moi. Le chalet n'était pas équipé d'un lecteur de cassettes, mais j'avais trouvé un moyen de remédier à cet inconvénient.

J'embrassai Kim sur l'épaule et je me levai en prenant le temps de l'envelopper avec le drap à mesure que je me détachais d'elle. Je trouvai mes clés et sortis du chalet sans me donner la peine de m'habiller. Le petit lac, entouré de conifères, n'était troublé que par la houle très légère d'une chaloupe à rames: c'était un pêcheur qui laissait traîner sa ligne et qui, en m'apercevant, s'arrêta un instant, les rames en l'air.

Avant que les maringouins ne me trouvent, je montai dans le Volks, que je conduisis derrière le chalet, le plus près possible du mur de la chambre où Kim était allongée. Je fermai le moteur en ayant soin de laisser le contact. Je mis la cassette en marche et réglai le volume de manière approximative, puis je baissai la vitre du côté du passager.

De retour dans le chalet, j'ouvris la fenêtre de la chambre pour laisser entrer la musique. À mon étonnement, le son était trop fort, sans doute à cause du silence ambiant, et il fallut que je ressorte ajuster le volume de la radiocassette. Cette fois, les maringouins ne ratèrent pas leur chance. Pas question de traîner dehors, je rentrai aussi vite que je pus.

Dans la chambre, le son était juste assez fort. Kim était couchée sur le dos, un bras dissimulant la moitié de son visage. Je m'allongeai à côté d'elle et remontai le drap sur nous. Comme la fenêtre était haute, on ne voyait pas le Volks et on pouvait même imaginer, en fermant les yeux, que la musique tombait du ciel.

Pour l'instant, c'était *Le Petit Bonheur* qu'on entendait, et la voix de Félix Leclerc était rude et chaleureuse comme une chemise à carreaux en grosse laine. La cassette, qui était de type longue durée, contenait mes chansons préférées, celles que j'avais le plus aimées dans ma vie. Il y avait des chansons connues, d'autres qui l'étaient moins, et certaines étaient si vieilles que personne à part moi ne pouvait les connaître. Parfois je les aimais pour elles-mêmes, parfois c'était à cause de l'interprète et, dans ce cas, il s'agissait presque toujours de Montand et de Piaf.

Après la chanson de Félix, on entendit *Les Goélands* par Germaine Montero, *Winterlude* de Bob Dylan, *Barbarie* de Léo Ferré, *Quand les hommes vivront d'amour* de Raymond Lévesque, *Tennessee Waltz* et plusieurs autres. Certaines étaient en français, d'autres en anglais, mais elles avaient toutes en commun un fond de tristesse ou de mélancolie.

La «cassette sans fin» ne portait pas ce nom parce qu'elle n'avait pas de fin, mais bien parce qu'on n'avait jamais besoin de l'écouter jusqu'au bout. La tristesse de l'auditeur était diluée puis emportée, bien avant la fin, par le flot de mélancolie qui provenait des chansons. C'est ce qui arriva une fois de plus ce soir-là, et nous pûmes rentrer tous les deux à Québec aux premières heures du matin.

Sur le chemin du retour, pour distraire Kim et l'empêcher de repenser à l'agression, je lui racontai en détail la deuxième visite du Vieux. Je lui parlai aussi de Macha. Elle ne fut pas étonnée par la description que je fis de la très jeune fille : elle l'avait vue flâner dans le jardin et l'avait même invitée à dormir au rez-de-chaussée.

15

ACAPULCO

Des airs de chansons me trottaient encore dans la tête quand je me réveillai. Il était midi quinze. Kim avait dormi avec moi, au premier, mais elle n'était plus là.

Je l'avais tenue dans mes bras jusqu'à ce qu'elle s'endorme, puis j'avais somnolé quelques heures sur le sofa, et plus tard j'avais regagné le lit pour qu'elle ne fût pas seule en se réveillant. Il m'est difficile de passer une nuit entière avec quelqu'un : j'ai toujours peur que le moindre de mes mouvements n'empêche l'autre de dormir.

J'entendis du bruit dans la salle de bain. La porte était restée ouverte, alors j'entrai. Kim se regardait fixement dans le miroir de la pharmacie ; elle était penchée en avant, les mains posées sur le lavabo, les cheveux dénoués enveloppant ses épaules par-dessus son kimono. Dans la glace, je vis s'approcher d'elle par derrière un personnage très maigre ressemblant au Vieil Homme, puis elle se retourna.

C'était pire que la veille. Sur tout le côté gauche de son visage, très enflé, s'étalaient des meurtrissures qui allaient du rouge au violet et au bleu. J'en eus le souffle coupé, mais je tâchai de faire comme si je n'avais rien vu, ce qui était ridicule parce que, son kimono étant largement ouvert sur sa poitrine, je me sentais obligé de ne pas quitter son visage des yeux.

— As-tu vu ça? demanda-t-elle d'une voix lasse.
— Quoi? fis-je comme un idiot. Ses yeux tristes se chargèrent de reproches. Excuse-moi, dis-je.
— Je ne peux pas travailler comme ça...
— C'est vrai.
— Peut-être que je devrais prendre un petit congé... Tu n'as pas envie de venir avec moi?
— Où ça? demandai-je, subitement inquiet comme d'habitude à l'idée de laisser mon travail.
— Pas loin, dit-elle. Sur la côte américaine.
— Old Orchard Beach?
— Pourquoi pas?

Old Orchard, dans le Maine, était un endroit presque mythique pour moi: c'était là que mon père nous avait emmenés voir l'océan Atlantique dans mon enfance. Il me suffisait de fermer les yeux pour retrouver les odeurs de frites, le flonflon des manèges et la plage de sable fin qui s'étendait à l'infini de part et d'autre d'un vaste ponton sur pilotis où étaient alignées les baraques foraines et les boutiques de souvenirs.

— D'accord, dis-je. On part demain?

Elle noua ses bras autour de mon cou et frotta doucement contre ma joue le côté de son visage qui n'était pas meurtri. J'observai dans le miroir que le Vieux avait un peu rajeuni: c'était toujours ça de pris.

Kim dressa la liste des choses à emporter, des courses à faire, des gens à prévenir. Tandis qu'elle faisait les valises et téléphonait pour décaler ses rendez-vous, je passai à la banque pour prendre des dollars américains; je fis renouveler mon ordonnance de médicaments à la pharmacie et je perdis au moins une heure à chercher le Gardien, à qui nous voulions confier le soin de veiller sur la maison et de nourrir Petite Mine.

Finalement, je le trouvai allongé sous un chêne, près de la rue Saint-Denis, en contrebas du talus herbeux qui montait jusqu'à la Citadelle. Il écouta mes recommandations, fit signe qu'il comprenait, puis il tendit la main. Je sortis mon portefeuille et lui remis une somme qui, sans tenir compte du taux de change, correspondait au double de ce qu'il demandait habituellement pour garder le Volks.

Il me fallut retourner à la banque pour recouvrer les dollars américains que je venais de dépenser, car pour des raisons tout à fait infantiles, je ne voulais pas que Kim sache combien d'argent je versais au Gardien. Comme je me sentais coupable, en revenant à la maison j'entrai dans une pâtisserie pour lui acheter des éclairs au chocolat.

Tôt le lendemain matin, nous prîmes la route du Maine dans le vieux Volks, et Kim était au volant. Elle avait brossé ses cheveux et portait des lunettes de soleil aux larges branches qui cachaient le haut de sa joue tuméfiée; elle avait l'air d'une star. De temps en temps elle souriait un peu, comme si elle se disait qu'après tout les choses auraient pu être pires. Et puis, soudainement, l'ombre grise des souvenirs passait sur son visage.

— Quand je pense, disait-elle, que j'ai suivi un cours d'autodéfense... Ça ne m'a pas servi à grand-chose.

— Un jour, j'ai fait bien pire que toi, dis-je pour la consoler.

— Ah oui?

— Ça fait une quinzaine d'années. C'était l'automne...

— À Québec?

— Non, j'étais à Acapulco.

— L'automne, c'est la saison des pluies, là-bas. Qu'est-ce que tu faisais là en cette saison?

— C'est une longue histoire... J'ai peur de t'ennuyer.

— Mais non, on a tout le temps.

Elle allongea le bras et me caressa les cheveux dans le cou, et je penchai la tête sur le côté pour que la caresse dure plus longtemps.

— C'était une année spéciale, dis-je. J'avais obtenu un gros contrat de révision: une thèse sur la participation canadienne-française à l'exploration de l'Ouest américain par la piste de l'Oregon. J'ai pensé que ce serait plus drôle de faire mon travail en visitant les lieux décrits dans le texte. Et je suis parti au début de mai dans un Volks aussi vieux que celui-ci. Il y avait encore de la neige au bord de la route parce qu'on venait d'avoir une tempête. La *dernière* tempête de l'hiver... Tu vois ce que je veux dire?

— Bien sûr, dit-elle. La tempête qui n'est pas prévue, celle qui vous brise le moral... Celle qui arrive alors que les bourgeons sont gonflés, que l'air s'est adouci et qu'on fait brûler les feuilles mortes qui n'avaient pas été ramassées l'automne d'avant... Celle qui nous tombe dessus au moment où l'on est à la fois heureux d'avoir survécu à l'hiver, et fatigué des efforts accomplis pour arriver jusque-là... Celle qui survient lorsque, sur tout le territoire du Québec, il n'y a plus une seule personne – même pas un petit vieux très sage et très méfiant – qui oserait imaginer un pareil retour en arrière...

— C'est tout à fait ça. Donc, sur une route bordée de neige, j'ai roulé jusqu'aux Grands Lacs, puis j'ai obliqué vers le Sud et je me suis rendu à Saint-Louis. C'est dans cette ville que les émigrants, venus de l'Est et de la vieille Europe, montaient dans des bateaux qui les menaient près de Kansas City, à Independence, d'où ils entreprenaient leur long voyage en chariot sur la piste de l'Oregon. Je te dis tout ça parce que, après avoir accompli le même trajet qu'eux, en prenant des notes, je suis arrivé à un endroit, en Idaho, où la piste se divisait : j'ai choisi la branche qui allait à San Francisco. Et c'est là que j'ai passé l'été.

— Tu habitais dans quelle rue ?

— La rue Lombard.

— C'est un quartier de riches !

— Oui, mais j'étais dans un sous-sol. En plus, le temps était toujours frisquet et humide avec beaucoup de brouillard. J'avais froid et je manquais de soleil. À la fin de septembre, quand j'ai lu dans le journal que le peso avait été dévalué au Mexique, j'ai décidé d'aller finir mon travail là-bas, et j'ai choisi Acapulco pour être au bord de la mer. Voilà comment il se fait que je me suis trouvé dans cette ville en automne... Excuse-moi d'avoir fait un si long détour pour te le dire.

— Mais non, c'est comme les histoires qu'on me racontait quand j'étais petite. Tu peux continuer et prendre tout le temps que tu voudras.

— Merci. Alors je me suis installé non pas dans le secteur des touristes, mais plutôt dans un petit hôtel du centre-ville pour être avec les Mexicains. J'étais le seul *gringo* qui habitait là. Il faisait très chaud et tous les jours il y avait des orages et des pannes de courant. Un soir, en rentrant à l'hôtel après avoir mangé dans un restaurant du quartier, j'ai fait un détour pour acheter quelque chose à boire. Un gros orage avait éclaté et l'eau débordait sur les trottoirs. J'avais enlevé mes sandales et je marchais pieds nus dans l'eau tiède, ça me donnait le sentiment d'être redevenu tout petit. Et tout à coup, dans une ruelle mal éclairée, un homme s'est jeté sur moi par derrière et m'a enserré le cou d'un bras vigoureux. Je savais exactement comment il fallait réagir : je l'avais lu dans un excellent manuel d'autodéfense... Mais tout s'est passé trop vite et je n'ai rien pu faire.

— Qu'est-ce qu'on disait dans ton excellent manuel ?

— On disait que si quelqu'un vous attaque par derrière et cherche à vous étrangler avec un bras, il faut plier les genoux et se laisser tomber de tout son poids, et en même temps lui donner un coup de coude dans le ventre. Mais je n'ai pas réagi du tout, et le temps que je me ressaisisse, il m'avait déjà fait tomber à la renverse et me traînait dans la rue…

— Et alors?

— En regardant par-dessus mon épaule, j'ai vu qu'il me traînait vers la cour intérieure d'une maison qui semblait abandonnée. Je me suis dit que ma peau ne vaudrait pas cher si cet homme, plus fort que moi et apparemment décidé à m'étrangler pour me prendre mon argent, réussissait à m'emmener dans cette cour déserte. À l'entrée de la cour, il y avait une grille métallique. Je me suis agrippé de la main droite à une tige de cette grille. Mais l'homme, pour me faire lâcher prise, s'est mis à me serrer le cou encore plus fort.

— Et qu'est-ce que tu as fait?

Kim avait soudain levé le pied, et l'inquiétude faisait vibrer sa voix. Je m'aperçus alors que j'étais moi-même emporté par les émotions qui remontaient du passé. Mon cœur battait à coups redoublés. Il valait mieux que je me dépêche de finir mon histoire.

— J'étouffais, je ne pouvais plus respirer, dis-je. Ça me semblait absurde de mourir dans une ruelle obscure d'Acapulco. Sans lâcher la grille, j'ai réussi à glisser deux doigts de ma main gauche entre mon cou et le bras qui m'étranglait. Ça m'a permis de respirer, et j'ai crié. J'ai crié parce que je ne voulais pas mourir. J'ai crié de toutes les forces qui me restaient. Pendant ce temps, l'homme me balançait des coups de poing à la tête et au dos et des coups de pied aux jambes. Et au moment où je pensais que je n'avais plus aucune chance de m'en sortir, un passant s'est arrêté et mon assaillant a pris la fuite.

— Je suis rudement contente qu'un homme soit passé par là! dit Kim avec un soupir de soulagement. Elle se moucha avec un kleenex, puis elle appuya sur l'accélérateur et le vieux Volks reprit sa vitesse de croisière qui, dans la vallée de la Chaudière que nous traversions, se situait entre soixante et cent kilomètres à l'heure, suivant que les pentes étaient plus ou moins raides.

— J'étais tellement énervé, dis-je, et j'avais eu tellement peur que j'ai saisi la main de l'homme qui m'avait sauvé et je ne voulais pas la lâcher. Et pendant les semaines qui ont suivi, chaque fois que j'ai entendu des pas derrière moi, le soir, je me suis retourné brusquement, les poings serrés. Voilà, c'est tout.

Je me tus, étonné d'avoir parlé si longtemps. De son côté, Kim n'ajouta plus rien. En arrivant à Beauceville, elle stoppa au premier restaurant et nous bûmes un café pour nous remettre de nos émotions. Ensuite je pris le volant, après avoir troqué mon jean contre un short à cause de la chaleur. Kim remplaça le sien par une longue jupe en coton indien que je n'avais jamais vue et qui lui caressait les jambes chaque fois qu'elle changeait de position sur son siège. Par moments, elle appuyait ses pieds nus contre le tableau de bord et le vent faisait glisser sa jupe au-dessus de ses genoux. Il m'était difficile de ne pas être distrait par ce spectacle en conduisant, mais je m'efforçais de n'en rien laisser voir, pour ne pas lui faire penser à ce qu'elle avait subi au lac Sans Fond.

La route suivait de loin les courbes paresseuses de la rivière, qui coulait dans le sens contraire de nous. Je remontais ainsi le cours de mes souvenirs, car nous n'étions pas loin de Marlow, le village de mon enfance. En faisant un petit détour, j'aurais pu aller voir ce qu'il était advenu du «magasin général» de mon père, du court de tennis où j'avais joué des parties interminables avec mon frère disparu, du gros arbre qui dans mes souvenirs s'élevait plus haut que la maison, du grand terrain où Sitting Bull avait été massacré par la cavalerie américaine... J'aurais pu demander à n'importe quel vieillard s'il ne connaissait pas un certain Sam Miller...

J'aurais pu faire toutes sortes de choses, mais j'estimais que, pour ce qui était des retours dans le passé, j'avais mon compte pour la journée.

16

OLD ORCHARD BEACH

Dans le Maine, nous fîmes halte au bord de la rivière Kennebec, à Solon, pour manger les sandwiches au poulet de Kim et mes éclairs au chocolat. Ensuite elle reprit le volant et, comme la circulation était fluide sur l'Interstate 95, nous arrivâmes à Old Orchard Beach en fin d'après-midi.

Fatiguée d'avoir conduit si longtemps, Kim me laissa le soin de choisir un motel. Celui que je trouvai, avec cuisinette, était au-dessus de nos moyens mais il offrait l'avantage d'être à la fois près de la plage et loin de l'agitation du centre-ville. Avant de défaire les sacs, je proposai d'aller tout de suite voir la mer.

Elle était vert foncé avec des taches grises aux endroits où la lumière était tamisée par les nuages. Nous avions tous deux oublié à quel point il était impressionnant de voir les vagues qui moutonnaient puis se cassaient avec un bruit sourd avant de répandre une frange d'écume sur le sable. Cependant, un petit vent du large, accompagnant la marée montante, rafraîchissait l'air. Sans dire un mot, je pris la main de Kim pour l'inviter à marcher un peu et elle accepta. La marche dans le sable mou, en direction du centre-ville, nous réchauffa, mais bientôt la fatigue l'emporta sur le plaisir, et Kim avisa un escalier qui était encastré dans le mur en béton du front de mer. Elle se dirigea de ce côté et je la suivis en contournant des groupes de vacanciers qui s'attardaient sur la plage.

L'escalier menait à une ruelle perpendiculaire au rivage. Au bout de cette ruelle, comme nous allions tourner à droite pour regagner le motel, une odeur de frites nous fit hésiter. Elle provenait d'un snack-bar, juste à côté, et d'après ce que nous apercevions par les fenêtres, l'endroit nous convenait parfaitement, car nous préférions les restaurants ordinaires avec un comptoir et des banquettes, aux cafés à la mode qui attiraient les intellectuels, les artistes et les journalistes.

Kim choisit une place près d'une fenêtre. Tout était conforme à nos goûts: la banquette en vinyle orange, la table en formica, et nous avions un mini juke-box pour nous seuls. La serveuse nous apporta les verres d'eau, les couverts, les napperons et les menus, et après avoir entendu notre accent elle nous proposa une soupe aux pois. Elle nous appelait «Honey» comme si nous étions ses clients préférés depuis toujours, et on devinait facilement que la soupe aux pois était au menu pour que les Québécois ne se sentent pas trop dépaysés.

La soupe nous réconforta. Kim me laissa choisir la suite et je commandai des cheeseburgers avec frites et une pointe de tarte au sucre avec crème glacée. Après le dessert, elle me fit écouter *Blueberry Hill* sur le petit juke-box. La serveuse vint réchauffer notre café et déclara que la chanson de Fats Domino était celle qu'elle aimait le plus *in the whole world*. C'était une fausse blonde, toute en rondeurs, avec un tablier rose et une coiffe de même couleur dans ses cheveux relevés, et il y avait par instants dans ses yeux une lueur de mère poule que nous guettions, Kim et moi, pour des raisons différentes: Kim parce qu'elle était désemparée, et moi parce que c'était ma nourriture quotidienne depuis que j'étais petit.

La serveuse insista pour nous verser une troisième tasse de café avant notre départ. Cette nuit-là, je fus incapable de dormir. Kim s'endormit en se couchant, mais son sommeil fut agité et il fallut que je la tienne un long moment dans mes bras pour la rassurer. Quand elle eut retrouvé son calme, je dégageai mes bras aussi délicatement que possible et me levai sans faire bouger le lit; je suis un expert dans ce genre de choses. Une lumière jaune, tombant d'un lampadaire au coin de la rue, éclairait faiblement l'intérieur du motel. Je pris mon sac et me rendis dans la cuisinette.

Il y eut un bruit suspect à l'extérieur. Comme la fenêtre était couverte d'embruns, j'ouvris un carreau et je vis un chat gris et blanc, tout efflanqué, sortant d'une poubelle renversée. En m'apercevant il resta figé sur place, les oreilles dressées. Je fis avec mes lèvres le bruit que tous les chats du monde, ainsi que les amoureux, ont coutume de considérer comme une invitation. Il continuait de me regarder sans bouger, alors j'ouvris le petit frigo et pris un morceau de poulet qui restait de notre lunch. Quand je retournai à la fenêtre, le chat avait disparu. Je mangeai le poulet moi-même, ce qui me donna faim, et j'en avalai un deuxième morceau accompagné d'une tranche de pain beurrée. Ensuite j'allumai la veilleuse du poêle et je sortis de mon sac le livre que j'avais emporté. Ma montre indiquait deux heures et demie. La marée était basse, sans doute, car le souffle régulier de l'océan me parvenait de très loin.

Mon livre était un roman de John Irving. En jetant un regard sur la quatrième de couverture, je lus les mots «la mort de ma mère», qui me donnèrent froid dans le dos. Abandonnant le texte de présentation, je commençai à lire le roman debout, appuyé contre le frigo qui, par chance, atteignait juste la hauteur de mes coudes. L'histoire, qui se passait dans une petite ville du New Hampshire, était racontée par un jeune garçon. Elle comportait des défauts évidents : digressions, retours en arrière, détails inutiles, et l'écriture ne coulait pas bien, mais je continuais ma lecture, sachant par expérience que les personnages d'Irving allaient devenir aussi réels que les gens de mon quartier et aussi proches de moi que mes frères et sœurs.

Quelques éléments de l'histoire me plaisaient déjà. La mère du jeune garçon était remarquablement belle et attirante, et j'aimais bien la façon dont il parlait d'elle. Et il avait un copain qui sortait de l'ordinaire : il était très petit, sa voix était fluette comme dans les dessins animés et sa peau presque translucide.

Les deux garçons faisaient partie d'une équipe de baseball. Le traducteur écrivait «base-ball» avec un trait d'union, mais ce n'était pas tellement sa faute puisque les dictionnaires eux-mêmes, en retard sur la réalité, commettaient cette erreur. Toutefois, au bout de quelques pages, je tombai sur plusieurs phrases incompréhensibles. Par exemple celle-ci, à propos du garçon qui n'était pas normal :

Il ne jouait pas bien au base-ball, mais comme il avait une toute petite allonge, il servait souvent de remplaçant...

Qu'est-ce que c'était que cette histoire de *petite allonge* qui permettait de jouer comme *remplaçant*? Je n'y comprenais rien du tout... Plus loin, quand le garçon s'amenait au marbre pour frapper la balle, le texte disait qu'il était

immobile, accroupi, sur le carré du gardien

Un frappeur *accroupi* ?... Le *carré du gardien*?... Qu'est-ce que tout cela pouvait bien vouloir dire? À mon avis, c'étaient des mots qui n'avaient rien à voir avec le baseball... Poursuivant ma lecture, je vis que le jeune garçon, en dernier ressort, avait été choisi pour jouer au premier but. Et on disait de lui:

> *À ce poste, il devint une vedette. Personne ne pouvait courir de base en base comme lui.*

Un joueur de premier but qui se mettait à courir vers le deuxième et vers le troisième : quel étrange baseball! Je commençais à croire que, dans ce domaine, le traducteur n'était pas un expert. Heureusement, dans les pages suivantes, on abandonnait ce sujet et l'histoire prenait une nouvelle tournure. Le roman devenait plus intéressant. Je cessai d'être distrait par la traduction et mon esprit fut complètement absorbé pendant de longues minutes. Une vingtaine de pages plus loin, toutefois, il fut de nouveau question de baseball. Une petite phrase me fit sursauter:

> *C'était la prise quatre.*

J'étais atterré. Comme des millions d'amateurs de sport en Amérique, je savais très bien que le nombre de prises, au baseball, était limité à trois. Je refermai le roman, éteignis la veilleuse et me remis à la fenêtre. Le regard perdu dans la nuit, je me mis à penser aux nombreux traducteurs qui vivaient en France, de l'autre côté de l'Atlantique, et qui traduisaient des romans américains. Ils avaient toute ma sympathie, car je savais à quel point leur métier était difficile, et l'envie me vint de leur écrire une lettre.

Je voulais leur dire qu'il y avait au Québec, depuis peut-être un siècle, un grand nombre de gens qui pratiquaient le baseball et le football américain, et qu'ils le faisaient en français. Un français qui avec les années était devenu élégant et précis, grâce au travail de traduction accompli par les commentateurs sportifs de la radio et de la télé.

C'est pourquoi je leur donnais un conseil, à titre de collègue : lorsqu'ils devaient traduire un roman américain contenant des passages sur le baseball ou le football, ils avaient intérêt à consulter un des nombreux Québécois qui vivaient à Paris ou ailleurs en France. Si cette démarche ne leur convenait pas, ils n'avaient qu'à donner un coup de fil à la Délégation du Québec : même la téléphoniste était en mesure de leur indiquer les traductions exactes. Pour ma part, j'étais disposé à réviser leurs textes tout à fait gratuitement, pour être enfin débarrassé des inepties qui encombraient la version française des romans américains.

Tout seul dans la pénombre de la cuisinette, je commençais à m'énerver, je me laissais aller à des propos outranciers, alors je rallumai la veilleuse et cherchai de quoi écrire dans mes affaires : en rédigeant la lettre, j'allais certainement employer des termes plus modérés. Il n'y avait pas de bloc à correspondance, mais je trouvai un sac d'épicerie en papier dans le tiroir des ustensiles, et j'allais me mettre à écrire quand j'entendis un bruit de pieds nus. La porte de la cuisinette s'ouvrit. C'était Kim, en chemise de nuit blanche.

— Tu ne dors pas ? demanda-t-elle.
— Non, dis-je. Ce doit être le café. Et toi ?
— J'ai dormi un peu. Et puis il m'est venu des idées folles...

La veilleuse lui faisait, sous les yeux, des ombres noires qui rendaient son visage meurtri encore plus émouvant. Elle s'accouda au frigo à côté de moi, posant sa tête sur mon épaule ; c'était un geste qu'elle faisait rarement et je me sentis responsable d'elle.

— Quel genre d'idées folles ?
— C'est pas très important.

Je posai d'autres questions, mais elle ne voulut pas répondre.

— Merci quand même, dit-elle. Elle tourna la tête vers moi pour m'embrasser et je m'abstins de respirer parce que mon haleine devait avoir gardé l'odeur du poulet froid. Ensuite je l'amenai en face de la fenêtre et nous restâmes un long moment à écouter le ronflement de la mer, qui prenait de la force, puis je dis:

— J'ai vu un chat tout à l'heure.
— Ah oui? Et tu l'as appelé?
— Oui, mais il s'est sauvé.
— Je m'ennuie un peu de Petite Mine... J'espère qu'elle va bien.

Elle réprima un bâillement. Je la ramenai dans la chambre en la tenant par les épaules. Quand nous fûmes couchés, je voulus lui faire une caresse pour l'aider à dormir, mais elle me devança. Ses mains commencèrent à glisser sur mon ventre en un mouvement qui, presque aussitôt, devint un peu mécanique, comme si elle flattait un chat. Et puis les gestes ralentirent, s'arrêtèrent complètement et je m'aperçus, au bruit de sa respiration, qu'elle s'était endormie. Quant à moi, c'est au matin seulement, lorsque la blancheur de l'aube s'insinua par les persiennes, que je parvins à dormir.

Sur la table de chevet, en me levant, je trouvai une note écrite sur le sac d'épicerie: «Tu dors si bien, je n'ose pas te réveiller. Je vais faire un tour sur la plage en espérant que la brume ne tardera pas à se lever. Bon appétit!... Kim.»

Dans la cuisine, je fus accueilli par une bonne odeur de café, le couvert était mis et il y avait du jus d'orange, du pain de seigle, du beurre et du miel. Le livre d'Irving était resté sur le frigo et, pendant que je mangeais, il me vint à l'esprit que je pouvais peut-être aider Kim à chasser ses idées noires si je lui faisais partager mes soucis de traducteur. C'est pourquoi, avant d'aller la rejoindre sur la plage, je me rendis au centre-ville et j'achetai le roman en anglais. Je revins au motel en vitesse et me préparai un sac de plage contenant une grande serviette et une petite, une crème solaire, une eau minérale, un maillot de bain, des biscuits, un chapeau, des kleenex et les deux versions du roman.

Le soleil commençait à percer la brume. Il n'y avait pas trop de monde sur la plage, mais j'eus un peu de mal à trouver Kim: elle s'était enveloppée jusqu'au cou dans une couverture de laine; je la reconnus à ses larges lunettes de soleil. Je posai mon sac à côté d'elle.

— Tu as froid? demandai-je. Veux-tu que je te frotte le dos?

— Non, c'était l'humidité, dit-elle. Avec le soleil, ça va déjà mieux. Tu t'es réveillé tard?

— Oui. En plus, je suis allé en ville pour acheter le roman d'Irving en anglais: la traduction est bizarre.

— Fais-moi voir ça...

Je lui donnai le texte anglais en lui montrant l'endroit où j'étais rendu. Elle se tourna sur le ventre, laissant la couverture de laine glisser de ses épaules. Elle portait un bikini noir et, parce que ses seins étaient lourds, il fallait que je me raisonne pour arrêter de penser, comme un gamin, qu'ils allaient d'un instant à l'autre débouler de son soutien-gorge. Parmi les gens qui se trouvaient autour de nous, plusieurs avaient l'air de penser la même chose, mais Kim ne s'en apercevait pas.

Pour se mettre dans l'atmosphère du livre, elle parcourut des yeux les lignes précédant l'endroit que je venais de lui indiquer. Ensuite elle lut tout haut la petite phrase qui m'avait porté un dur coup:

It was ball four.

Elle eut du mal à croire que la phrase avait été traduite par «C'était la *prise* quatre». Elle exigea de voir la traduction, puis elle continua sa lecture tandis que je suivais le texte dans la version française. Le narrateur racontait en détail un événement qui s'était passé au cours d'un match. Son équipe se trouvait à l'attaque et c'était la dernière manche. Comme le match semblait perdu, les spectateurs ne s'intéressaient plus au jeu, ils regardaient plutôt la mère du narrateur, venue encourager son fils. Elle se tenait au-delà du troisième but, dans la zone des balles fausses. Avec son chandail très serré, sa jupe blanche, son foulard rouge dans les cheveux, elle était encore plus attirante que d'habitude.

Un frappeur se présenta au marbre. «Harry Hoyt *walked* », lut Kim en prenant un accent à la française. Le frappeur avait obtenu un but sur balles, mais la traduction disait: «Harry Hoyt *s'écarta*».

Un autre joueur le remplaça et frappa un coup au sol qui était «*a sure out*». C'était traduit par «*une balle (...) hors jeu*», alors qu'il aurait fallu dire «*un retrait facile*».

Vint alors le tour du garçon qui n'était pas normal. Les spectateurs se moquèrent de lui, le croyant incapable de frapper la balle à cause de sa petite taille. Pour l'encourager, son copain criait: «*Give it a ride!*», ce qui voulait dire, bien sûr, de frapper la balle le plus loin possible. Mais, en français, la phrase était devenue «*Fais-le courir!*» et Kim fit une grimace comique.

Elle pouffa de rire lorsque le garçon, pour éviter un mauvais lancer, plongea «*across the dirt surrounding home plate*», car dans le texte français les mots «*home plate*» étaient traduits par «*le monticule*».

C'était la première fois que je voyais rire mon amie Kim depuis son aventure au lac Sans Fond. Je riais avec elle, même si une partie de moi-même éprouvait de la sympathie pour le traducteur. Mais lorsqu'elle reprit sa lecture, je devins subitement inquiet: contre toute attente, le garçon frappa un coup en flèche, très durement, et la balle se dirigea vers l'endroit où la mère du narrateur était installée, le dos tourné au jeu, faisant des signes à une personne qu'elle avait reconnue parmi les spectateurs.

Je tournai la page... Je lus les premières lignes à toute vitesse et je compris qu'une catastrophe était imminente. Au bruit très sec de la frappe, la femme se retournait vers le marbre, la balle l'atteignait en plein sur la tempe, elle s'écroulait...

Tout cela me sauta aux yeux en une seconde et j'arrachai le texte anglais des mains de Kim avant qu'elle n'arrive à ce passage. Pour excuser la brusquerie de mon geste, je lançai la première phrase qui me vint à l'esprit:

— Ça suffit pour aujourd'hui! On est en vacances, non?

— Bien sûr, dit-elle, un peu étonnée.

— Veux-tu que je te mette de la crème solaire?

Elle souriait sans dire un mot, alors je me hâtai d'enfouir les deux exemplaires au fond de mon sac et je sortis le tube de crème solaire. Couchée sur le ventre, elle dénoua les cordons de son soutien-gorge. Pendant que j'enduisais son dos de crème, je tentai de comprendre comment j'en étais arrivé à me conduire d'une façon aussi irresponsable.

Je savais déjà, l'ayant lu en quatrième de couverture pendant la nuit, que le roman d'Irving racontait la mort d'une femme, qui était la mère du narrateur. Alors, comment avais-je pu être inconscient au point de montrer ce texte à une personne qui venait de subir une terrible agression? Comment en étais-je venu à faire passer mon goût immodéré pour la traduction avant son bien-être? Comment avais-je pu faire un coup pareil à celle que j'aimais le plus au monde?

— Je suis complètement nul, dis-je à mi-voix.

— Mais non, dit Kim, c'est très agréable. Ta main est très douce et il n'y a pas un seul grain de sable sous tes doigts.

— Veux-tu un peu de crème sur les jambes?

— S'il te plaît.

J'étendis de la crème sur toute la longueur de ses jambes en m'attardant aux endroits pour lesquels j'avais une affection particulière, notamment le creux très doux qui se trouve derrière le genou; il m'aurait été très agréable de m'attarder également à l'intérieur des cuisses, où la peau est spécialement veloutée, mais les voisins me surveillaient du coin de l'œil.

Quand ce fut à mon tour d'être enduit de crème, les choses se compliquèrent du fait que mon maillot de bain se trouvait dans mon sac de plage. Alors Kim eut une idée: m'ayant fait mettre debout, elle construisit une sorte de teepee miniature autour de moi en m'enveloppant les épaules avec la couverture de laine, dont elle retenait les pans à bout de bras, devant elle, pour me laisser la place de bouger.

À l'abri de cette petite tente, j'enlevai mes affaires et mis mon maillot sans me dépêcher. Il m'était impossible de voir les yeux de Kim à cause de ses lunettes noires, mais elle souriait en me regardant. J'étais heureux de pouvoir me dire premièrement que le spectacle lui plaisait, deuxièmement que j'avais réussi in extremis à ne pas aviver sa douleur et troisièmement que le souvenir de son agression avait toutes les chances de s'estomper avant la fin des vacances.

Ces quelques jours de congé se passèrent sans anicroche et, comme la chaleur était devenue intense, notre retour à Québec se fit en pleine nuit. Il n'était pas loin de quatre heures du matin quand je garai le vieux Volks à sa place habituelle.

Endormie sur la banquette arrière qui avait été convertie en lit, Kim se redressa d'un coup. Elle était perdue, alors je lui expliquai tout doucement que nous venions d'arriver, que c'était encore la nuit, qu'elle pouvait se réveiller tranquillement pendant que je transportais le gros des bagages à la maison.

Dehors il n'y avait pas d'étoiles, la nuit était sombre et humide. En passant près de la Range Rover de Kim, j'entendis un ronflement sonore qui avait quelque chose d'excessif et j'eus l'impression que le Gardien ne dormait pas vraiment.

Lorsque j'ouvris le portail, qui grinça sinistrement, il y eut un bruit de petites pattes détalant dans l'herbe. Je vis que Petite Mine était juchée au sommet de l'Arbre à chats. Et, à en juger par l'odeur qui imprégnait l'air du jardin, plusieurs matous des alentours étaient venus s'installer sur les branches inférieures.

La chatte descendit de son perchoir et me suivit dans la maison. Au moment d'allumer la lumière du rez-de-chaussée, je devinai qu'il y avait quelqu'un dans la pièce. J'allumai plutôt la lampe du jardin et, dans la pénombre, je vis tout d'abord un jean et un débardeur blanc en désordre par terre. Une personne était couchée sur le divan, en chien de fusil, une couverture de flanelle tirée jusqu'au menton. Elle avait les cheveux noirs comme la nuit, des yeux qui luisaient. C'était la jeune Macha, et seule la fatigue du voyage m'empêcha de sursauter. Faisant comme si je n'avais rien vu, je déverrouillai la porte des étages, grimpai les marches derrière Petite Mine et déposai les bagages au premier.

Quand je redescendis, la fille n'était plus là. Elle n'était pas non plus dans le jardin, elle avait disparu. Je retournai au Volkswagen, où je trouvai Kim assise sur la banquette, en chemise de nuit, dodelinant de la tête.

— Devine qui je viens de voir? demandai-je.

— Le Gardien? marmonna-t-elle d'une voix ensommeillée.

— Non, la petite Macha!

— C'est vrai?

Le nom de la petite eut un effet magique sur elle. Réveillée d'un coup, elle rassembla ses affaires en un tournemain. Je l'aidai à plier le drap qu'elle avait étendu sur la banquette, dont le contact était désagréable par temps humide, puis elle sortit dans la rue, en chemise de nuit, son sac à la main. Après quelques pas rapides, elle se retourna:

— Elle dort dans le jardin?

Sa voix, qui d'ordinaire était posée, frémissait un peu. Je ne comprenais pas les raisons de cet énervement subit, je crus que c'était la fatigue.

— Non. Elle était sur le divan-lit.

— Ah oui?

— J'ai monté les affaires à l'étage, et quand je suis redescendu, elle n'était plus là.

Kim reprit le chemin de la maison, mais très lentement. Elle marchait devant moi avec sa longue chemise de nuit blanche, les pieds nus, et son pas ralenti et mécanique lui donnait une allure de somnambule. À la hauteur de la Range Rover, il y eut un léger creux dans le ronflement du Gardien, ce qui me confirma dans mon impression qu'il faisait semblant de dormir.

Après avoir monté au deuxième les bagages de Kim, alourdis par un assortiment de coquillages et de pierres colorées, j'ouvris la fenêtre de sa chambre où régnait une odeur de renfermé. J'entendis alors le claquement de la portière de la Range Rover et ensuite le roulement de la porte coulissante du Volks: le Gardien avait réintégré son domicile.

Je demeurai un moment à la fenêtre, attendant de voir si Kim avait envie que je passe le reste de la nuit avec elle. Comme elle ne venait pas et que je n'entendais aucun bruit, je partis à sa recherche. Je la trouvai dans son bureau, endormie avec Petite Mine sur le grand tatami qui permettait à ses clients de se détendre.

Sur la pointe des pieds, j'allai prendre un drap dans l'armoire de sa chambre et je l'étendis sur elle. Ensuite je descendis chez moi sans faire le moindre bruit. Au lieu de me coucher, je marchai de long en large dans mon bureau. J'étais inquiet, mais il m'était impossible de savoir ce qui n'allait pas ; une menace rôdait autour de moi, c'était tout ce que je pouvais dire. Dans la demi-obscurité, le *Scribe accroupi* me regardait avec sa patience habituelle et, me sembla-t-il, un peu de compassion.

17

LA TROISIÈME VISITE

À plusieurs reprises, ce jour-là, je fus dérangé dans mon travail par l'activité, tout à fait inhabituelle, que déployaient les hirondelles qui nichaient depuis le printemps sous l'avancée du toit de la maison.

Dès que mon dernier client fut parti, je sortis dans l'escalier de secours pour voir ce qui se passait. Le père et la mère, perchés sur un fil électrique, au-dessus du jardin, se jetaient à tour de rôle dans des attaques en piqué contre Petite Mine qui, l'air innocent, faisait semblant de dormir à l'ombre du cerisier japonais.

C'étaient des hirondelles à front blanc. Presque aussi colorées que les hirondelles des granges, elles n'avaient cependant qu'une queue carrée au lieu de la belle queue fourchue; je n'étais pas un expert en oiseaux, ces renseignements me venaient de Kim. Levant la tête, je regardai vers la fenêtre de mon amie. On n'entendait aucun bruit et les rideaux étaient tirés: elle avait travaillé de nuit encore une fois. Vu l'heure tardive, elle devait être sur le point de s'éveiller.

De temps en temps, une des hirondelles venait tout près du nid, sous l'avant-toit, volait quelques instants sur place en battant frénétiquement des ailes, puis regagnait le fil électrique d'où elle pouvait surveiller la chatte. Au bout d'un moment, je me rendis compte que l'oiseau qui s'approchait ainsi de ses petits tenait un insecte dans son bec et qu'il le montrait aux oisillons sans le leur donner. Alors je compris à quoi rimait tout ce manège.

C'était le jour où les parents, ayant vu que les petits avaient presque atteint leur taille adulte, s'étaient mis en tête de leur apprendre à voler. Et il était clair que la présence de Petite Mine contrecarrait leur projet.

Je descendis l'escalier de secours à toute allure, j'attrapai la chatte et l'enfermai dans la remise à outils avec son bol d'eau et ses croquettes. Elle miaula plaintivement, me regardant comme si j'étais un tortionnaire, alors j'empilai des boîtes en carton jusqu'à la hauteur de la fenêtre en moustiquaire, pour qu'elle puisse observer les oiseaux sans être vue. Ensuite, m'asseyant sur le perron de la remise, je contemplai le spectacle.

Que les jeunes hirondelles hésitent à quitter la chaleur du nid familial et à sauter dans le vide, du haut d'une maison de trois étages, je pouvais très bien le comprendre. À leur place, j'aurais éprouvé les mêmes craintes. Et tout d'abord, j'aurais déploré le fait d'être né à une telle hauteur, alors que d'autres avaient la chance de venir au monde dans un buisson ou dans un arbre creux d'où il était possible d'apprendre à voler par petites étapes.

Soudain je remarquai que les parents avaient recours à une nouvelle tactique. Ils volaient en cercle devant le nid en poussant des cris grinçants qui, de toute évidence, avaient pour but de faire croire aux jeunes qu'un grave danger les menaçait. Plusieurs hirondelles des alentours vinrent appuyer les parents dans leur démonstration, si bien que l'un des petits, effrayé par toute cette agitation, s'élança hors du nid en secouant maladroitement ses ailes. Mon cœur, comme le sien sans doute, s'arrêta un instant de battre, mais deux adultes vinrent aussitôt encadrer l'oisillon, l'aidèrent à reprendre de l'altitude et le conduisirent sain et sauf jusqu'au fil électrique, auquel il s'accrocha.

J'étais soulagé et impressionné. J'aurais aimé que Kim fût là pour admirer cette réussite. Et justement, levant les yeux vers sa fenêtre, je l'aperçus : elle était assise dans l'escalier de secours, en kimono bleu, et elle me faisait des signes étranges. Elle pointait le doigt vers la fenêtre de ma salle d'attente et, de l'autre main, elle tirait la peau de ses joues vers le bas, se composant ainsi un visage maigre et creusé. Je finis par comprendre : le Vieil Homme était revenu et il se trouvait dans la salle d'attente !

Très énervé, car je n'avais pas vu le Vieux depuis plusieurs semaines, je traversai le jardin en évitant de mon mieux les attaques en piqué des hirondelles, et je remontai l'escalier de fer. Avant d'entrer chez moi par la porte-fenêtre, je fis un signe à Kim pour la remercier et elle m'expliqua par gestes, depuis le palier où elle était assise, que le Vieil Homme était arrivé pendant que je me trouvais dans la remise à outils.

En entrant dans mon bureau, j'ouvris le dossier du Vieux sur l'ordinateur. Je retrouvai la lettre que j'avais écrite pour lui et je relus la courte phrase d'Éluard que j'avais insérée dans le texte. Puis je me hâtai de le faire entrer. Que les clients aient ou non un rendez-vous, je trouve impoli de les faire attendre.

— Comment allez-vous ? demandai-je.

Il m'adressa un signe de tête. Comme je ne l'avais jamais vu répondre aux salutations, ce petit geste me parut encourageant : peut-être était-il enfin d'humeur plus expansive.

— Quoi de neuf ? demandai-je en l'invitant à s'asseoir.

— Rien de spécial, dit-il un peu sèchement.

— Avez-vous reçu une réponse à votre lettre ?
— Non.
— Ce n'est pas bien grave.

À la vérité, j'étais extrêmement déçu. Il était rare qu'une de mes lettres reste sans réponse, tout au moins depuis que j'avais mis au point la méthode des phrases d'auteur. Mais si vous laissez croire à un client que vous êtes dépassé par les événements, il perd toute confiance en vous. Alors, sur un ton négligent, je demandai :

— Vous êtes sûr que vous aviez la bonne adresse ?
— Oui.
— Il ne faut pas s'inquiéter. Après tout, ce n'est qu'une première lettre. C'était prévu... Maintenant, on va faire une deuxième lettre en utilisant une méthode spéciale.
— D'accord.
— Très bien. Avez-vous apporté la photo que je vous avais demandée ?
— Vous m'aviez demandé une photo ?
— Mais oui !
— Bon, alors j'ai oublié !

Vrai ou faux ?... Impossible de le dire en scrutant son visage parcheminé où la dernière étincelle de vie semblait s'être réfugiée au fond des yeux.

— Dans ce cas, vous allez être obligé de me la décrire en détail. Je ne vois pas d'autre solution.
— Je vais essayer, mais...

Il secouait la tête, l'air de dire qu'il ne garantissait pas le résultat. Je lui conseillai de prendre son temps et j'allai m'asseoir à ma place favorite, sur la tablette de la fenêtre, avec mon bloc à écrire et ma Waterman. Deux jeunes hirondelles étaient maintenant agrippées au fil électrique et les parents continuaient à faire du chahut autour du nid. En m'étirant le cou, je pouvais voir les jambes bronzées de Kim, toujours assise en haut de l'escalier.

Le Vieil Homme alluma une cigarette.

— C'est une belle femme, commença-t-il. Elle est grande, mince...

Il hésitait, et je le comprenais très bien. Chercher des mots, essayer de les agencer entre eux, faire les cent pas avec des bouts de phrases tournoyant dans ma tête : c'était tout ce que je savais faire dans la vie. Pour l'aider, je lui dis :

— Venez voir quelque chose...

La cigarette au coin de la bouche, il s'approcha de la fenêtre. Je lui demandai de venir encore plus près et de regarder mon amie Kim.

— Est-ce que votre femme lui ressemble?

Il pencha sa grande carcasse sur le côté et allongea le cou. Kim s'était assoupie, la tête renversée en arrière, les jambes un peu écartées. Je me sentais à la fois coupable et heureux. Était-ce parce que nous formions une sorte de triangle? Ou parce que le Vieux ressemblait à mon père?

— Les jambes sont pareilles, dit le Vieil Homme, mais... Il s'interrompit et regarda plus attentivement... Mais la peau est plus claire, reprit-il.

— Alors votre femme, c'est une blonde? une rousse?

— Une blonde. C'est une grande blonde aux yeux bleus.

— Quel âge?

— Elle n'a pas d'âge.

Nos regards se croisèrent, l'espace d'une seconde. La lueur étrange que j'avais déjà vue à deux reprises dans ses yeux était toujours là. J'étais incapable de dire si c'était une lueur de malice ou d'égarement. Le Vieux expédia son mégot dans le jardin, puis retourna s'asseoir. J'avais plusieurs autres questions en tête, mais quelque chose m'avertissait que, cette fois encore, il valait mieux en rester là.

— Vos renseignements sont très utiles, dis-je en essayant d'avoir l'air sincère. Maintenant, on va employer la méthode spéciale dont je vous ai parlé.

— C'est bien, dit-il.

— On va commencer la lettre en disant que tout se passe bien, que vous ne souffrez pas du tout de son absence. Votre femme aura des doutes, elle se demandera si vous ne lui cachez pas quelque chose, une maladie par exemple. Et peut-être qu'elle sentira elle-même le besoin d'aller vous voir.

— Et si ça ne marche pas?

— Alors on lui écrira une lettre sur un ton différent. Une lettre plus pressante.

Il approuva d'un signe de tête. Encouragé, je fis quelques pas dans la pièce, cherchant à me souvenir d'une phrase d'auteur qui, me semblait-il, exprimait avec justesse l'attitude dont je venais de parler. Je parvins à me rappeler où j'avais lu cette phrase: c'était dans la correspondance de Tchekhov avec Olga. Il s'agissait d'une lecture récente, je n'avais pas encore inscrit la phrase dans la mémoire de l'ordinateur, mais je l'avais copiée dans un calepin. J'allai m'asseoir à ma table et je trouvai le calepin dans le tiroir des stylos et du papier.

Bien que mariés depuis longtemps, Tchekhov et Olga vivaient séparés: actrice de théâtre, elle exerçait son métier à Moscou, tandis que lui, atteint de tuberculose, se soignait au bord de la mer Noire, dans la station balnéaire de Yalta. Il lui écrivait souvent, l'encourageait dans son travail et lui disait de ne pas être triste. La phrase dont j'avais gardé le souvenir était datée du 20 janvier 1903:

Je ne me considère pas le moins du monde comme blessé ou négligé, au contraire, il me semble que tout va bien.

C'étaient exactement les mots qu'il me fallait, alors je décidai de les utiliser au début de la lettre en les intégrant à une phrase plus longue.

— Voilà, dis-je au Vieil Homme, on pourrait commencer la lettre de la façon suivante: «Ma chère femme... Je t'écris ce mot pour te demander comment tu vas. De mon côté, je tiens à te dire que je ne me considère pas le moins du monde comme blessé ou négligé, au contraire, il me semble que tout va aussi bien que possible.» Qu'en pensez-vous?

— Ça me convient.

— Bon. Maintenant, pour lui montrer que vous allez bien, on va lui raconter un peu ce que vous faites dans la journée.

— Il n'y a pas grand-chose à dire... Je travaille... Je conduis une calèche.

— Tous les jours?

— Non, seulement quand j'en ai envie.

Son ton était maussade. Il commençait sans doute à trouver que je me mêlais beaucoup de ses affaires.

— Écoutez, dis-je, il suffit de lui raconter des petites choses agréables, des choses de la vie quotidienne, juste pour lui donner la nostalgie de l'époque où vous viviez ensemble. Vous comprenez?

— Oui. C'est facile à comprendre!

Pour ne pas l'irriter davantage, je me tus. Pas question d'ajouter un seul mot tant qu'il n'aurait pas commencé à raconter quelque chose. Quittant mon fauteuil, je fis quelques étirements discrets pour soulager les muscles de ma région lombaire. Je jetai un coup d'œil par la fenêtre: il y avait quatre hirondelles alignées sur le fil électrique, et comme les parents continuaient de s'agiter, je compris qu'il restait au moins un jeune dans le nid, peut-être le dernier-né, le plus faible et le plus peureux de la famille. Dans l'escalier, Kim avait cette fois les yeux grands ouverts et, penchée vers l'avant, elle observait la scène avec attention.

Juste au moment où je commençais à trouver le temps long et à m'inquiéter, le Vieil Homme se mit à parler:

— Le plus agréable, pour un conducteur de calèche, dit-il, c'est quand on sort du Vieux-Québec par la porte Saint-Louis et qu'on tourne à gauche sur les Plaines....

— Oui?... fis-je pour l'encourager.

— On arrive tout de suite dans un autre monde... C'est comme si on retournait très loin dans le passé.

Jamais il n'avait autant parlé. Assis sur la tablette de la fenêtre, mon bloc à écrire sur les genoux, je retirai le capuchon de ma Waterman. J'écoutais avec la même ferveur que le *Scribe accroupi* dans sa cage de verre.

Avec des hésitations, des phrases incomplètes, des silences et des soupirs, et quelques gestes de ses bras décharnés, le Vieux me décrivit les chemins paisibles, les collines boisées et les grands champs qui lui rappelaient le paysage de son enfance. Il parla aussi des fleurs du parc Jeanne-d'Arc, des flâneurs et des amoureux, et de l'immense vue sur le fleuve qu'on avait du haut de la falaise.

Toutes ces choses, je m'efforçai de les exprimer en quelques phrases courtes et directes qui constituèrent le corps de la lettre. Et je dépeignis de mon mieux l'atmosphère de sérénité qui régnait sur les Plaines, afin d'éveiller chez la femme le désir de reprendre la vie d'autrefois.

— Maintenant, dis-je, il faudrait terminer avec quelque chose d'un peu plus personnel, d'un peu plus chaleureux.

— Comme quoi?

— Par exemple, on pourrait lui souhaiter qu'il y ait dans son cœur et dans sa vie la même paix que sur les Plaines. Quelque chose comme ça.

— C'est très bien.

Son humeur était de plus en plus conciliante, alors j'en profitai pour lui faire accepter de conclure la lettre sur une formule de salutation toute simple: «Ton mari qui t'aime». Ensuite je revins à ma table et recopiai le texte en soignant l'écriture.

— Il vous restera à mettre votre signature, dis-je.

— D'accord.

— Je vous prépare l'enveloppe avec l'adresse?

Me souvenant qu'à sa visite précédente, il avait décliné mon offre, je posai cette question en feignant de n'y attacher aucune importance, comme s'il s'agissait d'une chose entendue à l'avance. Le Vieux hésita une seconde.

— Non, dit-il. Je vais m'en occuper.

— Comme vous voulez, mais ce ne sera pas la même écriture que la lettre... Vous ne pensez pas que votre femme pourrait trouver ça bizarre?

— Non, l'adresse je la fais écrire à la machine. Je connais quelqu'un.

Il parlait sans me regarder.

— Je peux vous l'écrire tout de suite sur ma machine, si vous voulez, dis-je.

— Non, je suis un peu pressé.

— C'est l'affaire d'une minute...

— Non merci. J'ai rendez-vous avec quelqu'un.

Il était déjà debout. Il avait son imperméable sur le bras et son chapeau cabossé à la main, et je compris qu'il était préférable de ne pas insister. Je glissai la lettre dans l'enveloppe, je la lui tendis et, comme les fois précédentes, il sortit sans dire au revoir ni merci, et sans faire allusion à mes honoraires, dont le tarif était pourtant affiché dans la salle d'attente.

Quand il fut parti, je commençai à transcrire la lettre sur l'ordinateur pour l'ajouter à son dossier, mais tout à coup j'éprouvai le besoin de savoir qui était la personne avec laquelle il avait rendez-vous. Et d'abord, est-ce qu'il avait vraiment rendez-vous?

Pour ne pas être reconnu, je mis mon chapeau de tennis, mes lunettes de soleil, un trench-coat mastic qui me venait de mon frère, et je dévalai l'escalier intérieur en me moquant de moi-même: selon toute vraisemblance, j'allais me prendre encore une fois pour Bogart, le talent en moins.

Dans le jardin, je fis sortir Petite Mine de la remise.

Cinq jeunes hirondelles étaient alignées sur le fil.

Kim était rentrée chez elle.

18

L'INVRAISEMBLABLE DÉTECTIVE

Quand je sortis du jardin, le portail grinça comme une poulie de corde à linge et je craignis que ce bruit n'attire l'attention du Vieil Homme. Je regardai en haut de l'allée, vers la Citadelle, mais il n'était pas là. Me retournant de l'autre côté, je l'aperçus qui s'éloignait rue Sainte-Ursule. Il marchait lentement et ne semblait pas m'avoir vu. Je me mis à le suivre de loin.

Il hésita un instant au coin de la rue Saint-Louis, où coulait le flot des touristes du mois d'août, puis il continua tout droit. Avec sa haute taille et son étrange chapeau, je pouvais difficilement le perdre de vue. D'ailleurs, il prenait son temps. Lui qui s'était dit si pressé, il s'arrêtait à tout moment pour regarder une fenêtre ornée de géraniums, une automobile d'autrefois, un ouvrier réparant une façade. Je faisais alors comme les spécialistes de la filature dans les films policiers: j'attachais mes lacets de chaussures, ou bien je m'absorbais dans la lecture d'une pancarte annonçant un appartement à louer.

De l'autre côté de la rue Sainte-Anne, où s'amorçait une descente très raide, je crus qu'il allait s'arrêter à l'auberge de jeunesse pour voir la petite Macha, mais je me trompais. Il descendit jusqu'à la rue Saint-Jean et tourna à gauche. Je fis comme lui, ayant soin toutefois de choisir le trottoir opposé qui, en cette fin d'après-midi, était à l'ombre. Ce fut encore plus facile de le suivre: je pouvais soit le surveiller directement, soit observer son reflet dans les vitrines des magasins.

Lorsqu'il passa sous l'arc de la porte Saint-Jean, un jeune homme au torse nu lui demanda l'aumône. Une conversation s'engagea entre eux, et finalement le jeune homme, d'un geste nonchalant, pointa l'index vers la côte d'Abraham. Le Vieux prit alors cette direction et, pendant qu'il traversait la place d'Youville, je me dissimulai derrière une des colonnes du théâtre Capitole. Il disparut au coin de la rue des Glacis. J'attendis quelques instants, puis je me dépêchai d'aller voir. À ma grande surprise, il n'était déjà plus là. Je ne le vis ni sur le trottoir, ni au carrefour où étaient garés les autobus de la ville.

Aussi discrètement que possible, je fis le tour des autobus en stationnement. Il y avait beaucoup de monde, c'était l'heure où les gens rentraient chez eux, mais j'eus beau regarder à l'intérieur de chaque autobus et aux alentours, le Vieux n'était nulle part. Qu'est-ce que le fameux Bogie aurait fait à ma place?... Je ne trouvai pas de réponse à cette question et j'allais regagner piteusement la maison en passant par la rue d'Auteuil, au cas où le Vieux aurait décidé au dernier moment de se rendre sur l'Esplanade, quand soudain je l'aperçus. Il sortait d'un commerce de tabac et de journaux, un paquet de cigarettes à la main. J'eus tout juste le temps de me réfugier dans un abribus. Chapeau sur les yeux et col relevé, je fis semblant d'être très occupé à déchiffrer la carte du réseau d'autobus.

Le Vieil Homme alluma une cigarette et s'engagea dans la côte d'Abraham. Comme les piétons étaient moins nombreux dans ce secteur, j'avais intérêt à le suivre de plus loin. C'est pourquoi, lorsqu'il changea brusquement de trottoir et disparut dans un immeuble, vers le milieu de la côte, je ne pus voir tout de suite où il était entré. Je m'approchai rapidement et me blottis à l'angle de la première rue transversale, qui était Saint-Augustin. En voyant la porte encadrée de deux vitrines, je compris qu'il s'agissait de l'Archipel, un commerce qui avait été transformé en refuge pour jeunes fugueurs et drogués : une photo de cet immeuble avait paru dans *Le Soleil.*

L'attente se prolongeait. Les passants me regardaient d'un air soupçonneux ; certains quittaient le trottoir et contournaient le coin de rue dont j'avais fait mon poste d'observation. Je n'étais pas du tout à l'aise. En apercevant deux vieilles femmes qui venaient vers moi, accrochées l'une à l'autre, j'ôtai mon chapeau et mes lunettes noires pour leur demander quelle était la meilleure façon de se rendre à la gare du Palais. L'une d'elles commença une explication, que l'autre continua ; elles n'avaient pas encore fini de m'indiquer l'itinéraire, quand le Vieux sortit de l'Archipel en compagnie de la jeune Macha.

Passé le premier moment de surprise, je remerciai les deux dames et je repris ma filature. Le Vieil Homme et la fille remontèrent la côte d'Abraham et je les suivis à distance respectueuse, me souvenant de la facilité avec laquelle la jeune fille m'avait repéré au début de l'été.

Ils marchaient l'un à côté de l'autre, sans se toucher. Le Vieux comme d'habitude se tenait tout de travers, l'épaule droite plus haute que l'autre ; la ligne oblique de ses épaules aboutissait à la chevelure noire de la fille. Mes sentiments eux aussi allaient tout de travers : je trouvais que le Vieux et la fille formaient un couple mal assorti, un peu incongru et presque indécent, et il y avait de la mesquinerie dans ma façon de les voir.

Ils entrèrent dans le Vieux-Québec et parcoururent la rue Saint-Jean en s'arrêtant devant chaque restaurant pour lire le menu. Je n'avais aucun mal à les suivre, mais les choses se compliquèrent lorsqu'ils prirent la rue Couillard, étroite et moins fréquentée. D'abord je leur laissai une bonne avance, et puis, comme ils allaient disparaître au premier tournant, je me précipitai à leur suite. J'eus le temps de les voir entrer Chez Temporel.

C'était un café sympathique mais assez petit, où l'on ne voyait guère que des habitués. Même si je n'étais pas, à proprement parler, de ceux-là, il y avait des chances qu'en entrant je sois reconnu et interpellé malgré mon déguisement. Je me mis à hésiter... et finalement je décidai de risquer le coup. Pour me donner de l'assurance, j'enfonçai les mains dans mes poches et en faisant ce geste je m'aperçus que j'avais oublié mon portefeuille! Avant de quitter la maison, j'avais changé de vêtements en vitesse et j'avais oublié de prendre mon argent et mes papiers: je n'avais pas un sou sur moi! Quel invraisemblable détective je faisais!

La solution la plus simple était d'appeler Kim à la rescousse. Comme je n'avais pas d'argent ni de carte pour me servir d'un téléphone public, j'entrai à l'épicerie voisine de Chez Temporel, espérant que le propriétaire me permettrait d'utiliser son appareil. L'homme était derrière son comptoir en train de servir de la réglisse et des bonbons en vrac à des enfants; il m'écouta sans dire un mot et poussa le téléphone vers moi d'un air maussade.

Moins de dix minutes plus tard, Kim arrivait, très essoufflée, une lueur d'inquiétude au fond des yeux. Assis sur le bord du trottoir, je bavardais avec les enfants, ce qui ne m'empêchait pas de surveiller le café et sa porte vert foncé surmontée d'un coq. Bien sûr, elle me reconnut tout de suite et mon prétendu déguisement la fit sourire.

Tout en lui racontant ce qui s'était passé, je l'aidai à revêtir mon imperméable mastic, je lui mis mon chapeau de tennis sur la tête, mes lunettes de soleil sur le nez, et lui confiai la mission d'entrer dans le café pour espionner le Vieux et la fille. Ensuite nous allions nous retrouver au bar Sainte-Angèle, dans la rue du même nom. Elle souriait et ne disait rien; elle était d'accord. Ce qui était bien avec Kim, c'est qu'elle ne s'étonnait de rien, vous pouviez lui demander n'importe quoi.

Avant d'entrer, elle me prêta un peu d'argent pour que je puisse boire quelque chose en l'attendant au Sainte-Angèle. Mais, en premier lieu, je voulais retourner à l'épicerie et acheter une bricole pour que le propriétaire ne me considère pas comme un sauvage.

J'attendis presque une heure au bar Sainte-Angèle en sirotant des apéritifs au comptoir. La tête me tournait un peu et une douce mélancolie, dont je tirais du plaisir, me gagnait à mesure que je repassais dans ma mémoire les occasions où, depuis le début de l'été, je m'étais conduit comme un idiot en essayant d'imiter le bon vieux Bogie. Lorsqu'elle arriva enfin et me vit dans cet état, Kim commanda du café noir. Retirant le chapeau et les lunettes de soleil, elle se mit à raconter:

— Heureusement que j'avais pris mon sac à main...

— Comment ça? demandai-je d'une voix pâteuse.

— Il y avait un miroir dans mon sac. Je me suis assise à une table voisine, en leur tournant le dos pour éviter d'être reconnue, et je les surveillais dans le miroir que j'avais posé contre le sucrier.

— Bravo! C'est du bon travail!

— Je me sentais comme dans un film. Je veux dire, *Casablanca* ou quelque chose de ce genre.

— Je sais, dis-je. Je sais *ex-ac-te-ment* ce que tu veux dire... Et alors, qu'est-ce qu'ils faisaient?

— Ils parlaient très bas, ils chuchotaient. J'attrapais un mot par-ci, par-là quand le silence se faisait par hasard dans le café. C'est surtout elle qui parlait... J'ai entendu «chat» et «dormir», est-ce que tu crois que ça veut dire quelque chose de spécial?

— J'en sais rien... Et le Vieil Homme, comment était-il avec elle? Autoritaire?... Paternel?... Amoureux?

La barmaid nous servit les deux tasses de café noir et je me hâtai de boire une gorgée pour cacher l'énervement qui venait de me saisir: certains mots, comme le dernier que je venais de prononcer, avaient le don d'éveiller en moi des émotions très anciennes.

— Est-ce que ça va? demanda Kim.

— Mais oui, dis-je, un peu impatient. Et je me tus, attendant qu'elle réponde à ma question.

— Comment le savoir? fit-elle. Il parlait peu. Il était presque immobile, sa cigarette au coin de la bouche et son imper sur les genoux. En tout cas, il est beaucoup plus vieux qu'elle, il a l'air d'être son grand-père.

— Tu crois qu'il est vraiment son grand-père?

— Ça m'étonnerait. La fille est une sans-abri... Ils se sont probablement rencontrés par hasard et je suppose que le Vieux lui a donné un coup de main... Pourquoi tu ris? Tout à l'heure tu étais triste et maintenant tu ris...

— C'est pas grave. Et qu'est-ce que tu as vu ensuite?...

— Vers la fin, il a pris une enveloppe dans la poche de son imperméable. L'enveloppe n'était pas cachetée. Il en a sorti une lettre et la fille l'a lue...

— Et tu voyais le visage de la fille?

— Bien sûr. Son visage s'est adouci. Jusque-là, elle avait un air agressif, comme si elle avait envie de mordre. Et puis, en lisant, elle a écarté une mèche de cheveux bouclés et j'ai vu une lueur très douce dans son regard. Je me suis même retournée pour mieux voir... C'était comme du velours noir.

— Ah oui? dis-je, étonné de sentir tant d'émotion dans sa voix.

Kim but une longue gorgée de café, tandis que je faisais de mon mieux pour rassembler mes idées. Le bar se remplissait peu à peu et le bruit des conversations devenait trop fort. Heureusement, il y avait autour de nous la présence enveloppante de la barmaid et la douceur feutrée de ses allées et venues.

Je me penchai vers Kim pour ne pas être obligé d'élever la voix:

— Et ensuite? Est-ce que la fille a gardé la lettre?

— Tu ne seras pas content, dit-elle.

— Pourquoi?

— Eh bien, la fille a terminé sa lecture, avec cette drôle de lumière sur son visage, et elle a posé la lettre sur la table. Ensuite le Vieux a fait signe au garçon d'apporter l'addition. Le garçon est venu, mais il est resté avec eux pendant qu'ils se levaient pour partir. Comme il se tenait entre moi et eux, il bloquait mon champ de vision dans le miroir, alors je n'ai pas vu si c'était le Vieux ou la fille qui prenait la lettre. Je suis désolée.

Elle fit une grimace, puis elle remit les lunettes noires et mon chapeau de tennis, qu'elle enfonça sur ses yeux; le chapeau, ramolli et déformé, lui donnait un air comique absolument irrésistible.

— Je n'ai pas été brillante!

— Ça ne fait rien. C'est le genre de choses qui m'arrive tout le temps.

— Tu veux noyer ton chagrin ou tu préfères rentrer?

— Je préfère rentrer.

L'ensemble parfait avec lequel nous levâmes le coude pour vider nos tasses de café nous fit rire tous les deux, mais en réalité j'étais de plus en plus inquiet. À travers les brumes qui avaient envahi mon cerveau, je pressentais que le danger qui planait au-dessus de ma tête s'était rapproché. Au cours de la nuit qui suivit, je fis un rêve qui me ramena à ma petite enfance et je me réveillai avec des sentiments qui n'étaient sans doute pas très éloignés de ceux qu'avait éprouvés, au moment de sauter dans le vide, la dernière des jeunes hirondelles.

19

UN HUMORISTE

Ce matin-là, j'attendais la visite d'un humoriste. Je ne l'avais pas vu depuis plusieurs années. Sa dernière visite remontait à une époque où il n'exerçait pas encore ce métier : il occupait alors un emploi de fonctionnaire ; il rédigeait des discours de ministre et il avait pris l'habitude de venir chez moi pour me montrer ses textes ou pour chercher des idées nouvelles.

J'étais un peu anxieux car, depuis ce temps, il était devenu une vedette : je l'avais vu de nombreuses fois à la télé. Comme, à l'heure dite, il n'était pas arrivé, je me mis à marcher nerveusement devant la fenêtre du jardin. La vigne envahissait le cadre de la fenêtre, et quelques feuilles viraient au rouge. Petite Mine m'aperçut, grimpa l'escalier de fer qui, pourtant, ne lui plaisait pas, et elle entra dans l'appartement en passant par ma chambre. À sa façon de se frotter contre mes jambes et de me pousser vers la sortie de mon bureau, il était évident qu'elle avait faim.

Ce n'était pas l'heure de manger, mais je me laissai convaincre d'aller dans la cuisine. Je jetai d'abord un coup d'œil par la fenêtre qui se trouvait au-dessus de l'évier, pour m'assurer que mon visiteur n'était pas en vue, puis je m'occupai de la chatte. Elle avait sauté sur le comptoir et, se haussant sur la pointe des pattes, elle poussait vigoureusement son museau humide sous mon menton, ce qui signifiait dans le langage des chattes qu'elle ne pouvait plus attendre. Prenant dans le frigo une tranche de jambon cuit que j'avais l'intention de manger à midi, je lui en donnai une moitié après l'avoir découpée en petits morceaux pour faire durer son plaisir. Je lui donnai aussi une soucoupe de lait, et pendant que je déposais celle-ci dans l'évier, je vis par la fenêtre que l'humoriste arrivait en taxi.

Je regagnai vivement mon bureau. Un instant plus tard, j'entendis le grincement du portail, les pas dans l'escalier et je me portai à sa rencontre. Comme nos relations avaient toujours été agréables, je m'attendais à des retrouvailles amicales, sinon chaleureuses. Or, ce fut tout le contraire.

— J'en viens tout de suite au fait, déclara-t-il après m'avoir tendu une main froide et molle. J'ai plusieurs contrats et il me manque un texte comique d'environ quinze minutes. Je n'ai pas le temps de l'écrire... Est-ce que vous pourriez le faire pour moi?

Cette demande me déplut à la seconde même où je l'entendis – tout comme m'avait déplu son air méprisant – et dès cet instant j'étais décidé au fond de moi-même à la refuser. Il me fallait cependant trouver une justification à mon refus, car de toute ma vie je n'avais jamais été capable de prononcer une phrase aussi simple que: «Non, ça ne me convient pas.»

— Avez-vous un thème, un début d'intrigue? demandai-je.

Il secoua négativement la tête. C'était un grand escogriffe avec un tee-shirt noir portant l'inscription *Festival du Rire,* et son allure me faisait penser à un corbeau ou encore à un chanteur d'autrefois qui s'appelait Philippe Clay.

— Je n'ai rien du tout, dit-il mélancoliquement.
— Dans ce cas, on peut chercher ensemble...
— Ça fait une semaine que je cherche, mais je suis trop fatigué en ce moment. J'ai trop de travail. Vous comprenez?
— Bien sûr.
— Mais vous, dit-il, je suppose que vous avez le temps?
— Oui, dis-je, mais en réalité...
Il leva la main pour m'interrompre:
— Votre travail consiste à écrire des textes pour les autres?
— C'est exact.
— Toutes sortes de textes?
— Mais oui.
— Vous n'êtes pas spécialisé dans un domaine particulier?
— Non, mais...
— Ça veut dire que, normalement, vous devriez être capable de penser à des choses drôles, non? Faites un effort!...

Le ton autoritaire de sa voix commençait à m'agacer, c'est pourquoi je limitai mon effort au strict minimum. Et pourtant, au bout de quelques secondes, un texte drôle me revint en mémoire. Un texte que j'avais lu, me semblait-il, dans un vieux numéro d'*Historia*.

— Ah! vous avez trouvé quelque chose! s'exclama l'humoriste. J'ai vu un peu de lumière sur votre visage!

— C'est une petite chose de rien, dis-je, mais je vous la raconte quand même. Ça se passe au cours d'un dîner où l'invité principal est Voltaire. L'écrivain est assis à côté d'une des grandes dames de cette époque, Madame du Deffand ou du Châtelet. Il louche sur le décolleté très profond de sa voisine, qui n'est plus toute jeune. «Ne me dites pas que vous vous intéressez encore à ces petits coquins?», s'étonne la dame. Et Voltaire répond à peu près ceci: «Des petits coquins?... Chère madame, je dirais plutôt que ce sont de grands pendards!»

Le jeu de mots n'était pas si mauvais, et je pensais bien que mon visiteur allait en sourire, ne fût-ce que par sympathie: il ne pouvait pas ignorer qu'après avoir raconté une histoire drôle, on se sent tout aussi vulnérable que si on venait de confier un secret à quelqu'un. Mais je n'obtins aucun sourire, et il y avait même de la désapprobation dans sa voix quand il murmura:

— J'avais oublié que vous étiez plutôt du genre *littéraire*...

— Ce n'est pas exactement le mot que j'emploierais...

— Est-ce que vous ne pourriez pas réfléchir à une situation, disons... plus ordinaire, plus contemporaine?

— Je peux essayer.

Cette fois, je fermai les yeux. J'eus recours à une technique de méditation que j'avais trouvée dans un livre appartenant à Kim. Vous imaginez que vous êtes devant la flamme d'une chandelle. Vous regardez ce point lumineux en faisant le vide dans votre esprit, et peu à peu vous descendez en vous-même à la manière d'un plongeur qui se laisse couler vers le fond.

Tout cela n'était en réalité qu'une simulation ayant pour but d'impressionner mon client. Sauf que le point lumineux, je le voyais vraiment, c'était un problème qui était apparu à la suite de mes ennuis cardiaques et qui portait le nom de «migraine ophtalmique»: les yeux clos, je voyais un feu clignotant, de couleur dorée, entrer dans mon champ de vision par la gauche, se déplacer très lentement en diagonale devant mes yeux et, au bout de quinze minutes, sortir par le côté droit. En donnant libre cours à mon imagination, j'avais le sentiment d'être un contrôleur du ciel devant son écran radar.

Ma concentration était si faible que j'entendais nettement les bruits d'alentour. Dans la cuisine, la chatte sautait de l'évier, elle passait par ma chambre et dévalait l'escalier de secours pour se rendre dans le jardin; à l'étage supérieur, la radio jouait des chansons de Gainsbourg, et comme le volume était plus fort que d'habitude, je me demandai si Kim n'avait pas invité la fille chez elle.

Le son de la radio me fit penser à une blague que j'avais entendue, la semaine précédente, sur les ondes d'une station privée.

— Ah! fit l'humoriste, voyant que je souriais, je commençais à me demander si vous n'étiez pas endormi...

La blague était très courte, elle tenait en une petite phrase: «L'hiver, on dit souvent: *Fermez la porte, il fait froid dehors!...* mais quand la porte est fermée, il fait toujours aussi froid dehors.» Je commençai à raconter cette blague tandis qu'il me regardait en fronçant les sourcils et je compris qu'elle n'allait pas tenir le coup. Je m'arrêtai en plein milieu de la phrase.

— Je... j'ai oublié les mots exacts, bredouillai-je.

C'était tout ce que j'avais trouvé comme excuse. Il leva les yeux vers le plafond et dit, sur un ton empreint de résignation:

— Bon. Pensez-vous que les «mots exacts» vont revenir?

— Non, dis-je.

— Avez-vous une autre blague en tête?

— Pas en ce moment.

— Si vous réfléchissiez pendant deux ou trois jours, est-ce que vous pourriez imaginer une situation comique?

— Je ne pense pas.

Après cette série de réponses négatives, l'humoriste mit un terme à sa visite sans me regarder, comme si nous ne nous connaissions pas, me laissant seul avec la déprimante pensée qu'un jour ma vie allait devenir une chose uniformément grise et sans joie, moi qui, en dépit de mon âge, me sentais encore proche d'une enfance qui s'était passée dans la lumière, la pleine lumière du soleil.

20

LA QUATRIÈME VISITE

En sortant de l'épicerie Richard, une fin d'après-midi pluvieuse, j'aperçus le Vieil Homme à l'angle des rues Des Jardins et Saint-Louis. Son chapeau s'était affaissé sous l'averse, et la ressemblance avec celui de John Wayne n'était plus qu'un lointain souvenir.

Il hésitait sur la direction à prendre. Faisant semblant de lire le menu du Café de la Paix, je me mis à le surveiller. Quand je le vis traverser la rue Saint-Louis et aborder la côte Haldimand, j'eus l'intuition qu'il allait chez moi. Rien ne me justifiait de le penser, si ce n'est qu'il m'avait déjà rendu visite plusieurs fois à cette heure tardive, mais par prudence je regagnai la maison le plus vite possible en passant par le côté opposé, c'est-à-dire par les rues Saint-Louis et Sainte-Ursule.

À l'appartement, je posai d'abord mon sac d'épicerie à la cuisine et je mis le lait, le beurre et le poulet au frigo. Par la fenêtre, je vis que le Vieil Homme venait chez moi comme je l'avais deviné. Bien qu'il eût le col de son imper relevé et le chapeau rabattu sur les yeux, j'aurais juré qu'il regardait vers la fenêtre et qu'il me voyait à travers le rideau transparent, et j'eus malgré moi un mouvement de recul.

J'étais énervé et agacé.

Pourquoi le Vieil Homme venait-il si tard? S'imaginait-il que j'étais entièrement à son service? Et pourquoi avait-il toujours cet air mystérieux? Était-il en train de manigancer quelque chose? Est-ce que le Gardien et la petite Macha avaient un rôle à jouer dans ses projets?

Pendant que je retournais ces questions dans ma tête, les trois bruits coutumiers du portail, de l'escalier et de la salle d'attente me parvinrent, mais je fis la sourde oreille. Je débouchai la bouteille de muscat que je venais d'acheter et je m'en versai un demi-verre. Le Vieux attendrait quelques minutes, ça lui montrerait que j'avais d'autres occupations. Tout en buvant mon muscat à petites gorgées, je tâchai de me remettre en mémoire ce qui s'était passé à sa dernière visite. Comme celle-ci était récente, je n'eus pas besoin de l'ordinateur pour me rappeler les points importants. Il n'y avait d'ailleurs que deux choses à retenir: le Vieux avait oublié de m'apporter la photo de sa femme; il n'avait pas reçu de réponse à sa lettre, et je lui en avais fait une autre, sur un ton détaché, en utilisant une phrase de Tchekhov.

Ma volonté de faire attendre le Vieil Homme s'effrita au bout d'une minute. J'éprouvais un sentiment de culpabilité, et j'avais envie de savoir si mon travail avait enfin donné des résultats. Alors j'ouvris la porte de la salle d'attente.

— Tiens! Vous êtes là? m'exclamai-je, en feignant la surprise.

Le Vieux ne répondit pas, mais son air affligé me disait clairement qu'il n'était pas dupe de mes paroles. Dès qu'il fut dans mon bureau, il expliqua:

— J'ai eu une réponse de ma femme. C'est pour ça que j'arrive si tard. Je suis venu aussitôt que j'ai reçu la lettre.

— Mais…, dis-je, c'est le matin que le courrier est distribué…

— Oui, mais aujourd'hui j'ai travaillé toute la journée.

— Il pleuvait...

— C'est pas grave : on relève la capote de la calèche. Il y a des touristes qui aiment se promener sous la pluie. Je leur prête des cirés et des chapeaux...

— Et vous?

— Moi, je n'ai pas peur de la pluie. Mon cheval non plus.

Il avait réponse à tout. Je l'observai attentivement, essayant de voir ce qu'il avait en tête, mais son visage ridé et crevassé formait un masque impénétrable. L'étrange lueur que j'avais aperçue à certains moments dans ses yeux semblait éteinte pour toujours.

Je le priai d'ôter son imperméable et son chapeau, qui dégoulinaient sur le plancher. Ensuite je demandai, en tendant la main :

— Alors cette lettre, on peut la voir?

— Non, dit-il.

— Pourquoi?

— Je ne l'ai pas apportée.

La surprise fut telle que je restai sans voix. Tous les efforts que nous avions faits ensemble, depuis le printemps, visaient à obtenir cette lettre : je ne pouvais pas croire qu'il avait oublié de l'apporter.

— Ça ne fait rien, dit-il. Je l'ai lue au moins dix fois et je la connais par cœur.

Inutile d'essayer de lui faire comprendre que j'attachais de l'importance à des détails tels que le genre d'écriture, le format du papier, la ponctuation, et même les marges et les blancs. Ce que je pouvais faire de mieux, c'était de l'aider à ne rien oublier du contenu de la lettre. Je lui posai une série de questions et il me donna les renseignements par bribes. Sa femme disait qu'elle était en bonne santé ; elle vivait à la campagne, au bord d'une petite rivière, et elle avait un jardin, des fleurs, un chien et un chat; elle était contente d'avoir eu de ses nouvelles et se proposait d'aller bientôt lui rendre visite.

— Ah oui? Elle a dit ça?

Le Vieux fit signe que oui. Curieusement, il ne semblait pas tout à fait heureux de ce qui arrivait. Dans sa voix, je sentais plutôt de l'inquiétude, mais sur le moment, je n'y fis pas très attention, occupé que j'étais à prendre la mesure de ce résultat qui dépassait mes espérances.

— Vraiment, elle a dit qu'elle viendrait? insistai-je.

— Oui, mais elle a ajouté que pour l'instant elle ne pouvait dire ni le jour ni l'heure.

Ces derniers mots, soudain, m'atteignirent comme un coup de poing à l'estomac.

— *Ni le jour ni l'heure,* ce sont exactement les mots qu'elle a employés?

— Exactement.

— Et c'était signé de quelle façon?

— Euh!... c'était signé *Ta femme.*

— Bon. Et avant la signature, est-ce qu'il y avait une petite phrase spéciale?

Il se gratta la tête.

— Une petite phrase? répéta-t-il.

— Oui, quelques mots comme *Je t'embrasse,* ou encore *À toi pour toujours...*

— Ah oui! fit-il comme s'il revenait brusquement sur terre. Elle a écrit: *À bientôt, j'espère.*

— Ce n'est pas une lettre très chaleureuse, mais on a quand même obtenu le résultat qu'on cherchait, n'est-ce pas?

— Oui.

Il se leva, fit quelques pas et s'arrêta un moment devant la fenêtre pour regarder le ciel. La pluie avait cessé. Un petit vent devait s'être levé, car on voyait bouger les feuilles du cerisier japonais.

— Quelque chose vous inquiète ? demandai-je.
— Non, dit-il. Pourquoi ?
— Vous n'avez pas l'air content...
— Je suis vieux, dit-il simplement.

Sa voix était lasse, un peu traînante. Il revint s'asseoir en face de ma table, croisa ses jambes maigres et accrocha comme d'habitude son chapeau sur son genou.

— Qu'est-ce qu'on fait maintenant ? demanda-t-il.
— On va lui écrire une autre lettre. Comme elle est dans de bonnes dispositions, on va lui renouveler votre invitation, l'assurer qu'elle sera chaleureusement accueillie chez vous et essayer de lui faire dire à quel moment elle compte venir. Est-ce que ça vous convient ?
— Oui.

J'ouvris le tiroir et sortis ce qu'il fallait pour écrire.

— Si on commençait par *Ma chérie* ? proposai-je.
— D'accord.
— C'est un mot que vous aviez coutume d'employer ?
— Oui.
— Très bien. Mais... j'y pense tout à coup : vous avez la photo ?
— Quelle photo ?
— La photo de votre femme ! Est-ce que vous l'avez apportée ?
— Non.

Incapable de contenir mon indignation, je protestai vivement :

— Ça fait deux fois que je vous le demande !... Ne me dites pas que vous l'avez encore oubliée !

Il me regarda avec des yeux de chien battu et, prenant son imper et son chapeau, il se dirigea sans un mot vers la sortie. Puis il s'arrêta, la main sur la poignée de la porte :

— La dernière fois, vous m'avez demandé de quoi ma femme avait l'air. Je vous ai fait une description détaillée. Alors j'ai pensé que la photo n'était plus nécessaire.

Les doigts crispés sur la poignée, il attendait ma réaction. Je voyais bien qu'il remettait son sort entre mes mains. C'était à moi de décider : si je lui donnais raison, il revenait s'asseoir et nous écrivions cette lettre à sa femme ; si je lui donnais tort, ou même si je ne disais rien, il sortait de mon bureau et peut-être aussi de ma vie, et je n'entendrais plus jamais parler de lui.

Je sentis alors, plus nettement que les autres fois, que des liens mystérieux et puissants m'attachaient à ce curieux vieillard. Des liens qui n'étaient pas du même ordre que les rapports professionnels. Des liens qui avaient quelque chose à voir avec mes parents décédés, avec l'âme voyageuse de mon frère et le pays incertain vers lequel nous étions tous emportés depuis le commencement du monde.

— Alors ! dis-je sur un ton aussi léger que possible, est-ce qu'on l'écrit, cette fameuse lettre ?

À mon grand soulagement, il lâcha la poignée et revint s'asseoir. Comme il paraissait fatigué, je me bornai à tracer avec lui les grandes lignes de la lettre, puis je lui suggérai de me laisser faire le reste : il n'aurait qu'à venir prendre la lettre plus tard, au moment qui lui conviendrait.

Il accepta. J'en fus d'autant plus heureux que je n'avais pas encore réussi à trouver quels mots d'auteur j'allais pouvoir glisser en douce dans la lettre pour lui donner un effet magique ; j'allais être obligé de fouiller longuement dans mes carnets et dans la mémoire de l'ordinateur. Avant de le laisser partir, je l'amenai à préciser le moment où il avait l'intention de revenir et je lui remis par précaution une fiche indiquant la date et l'heure de ce rendez-vous.

Deux jours plus tard, quand arriva l'heure de sa visite, la lettre était prête. J'étais content de mon travail. J'avais trouvé le moyen d'inclure, en la séparant en trois parties pour mieux la dissimuler, cette phrase que le journaliste Arthur Buies écrivait à sa femme Mila, et qui traduisait assez bien, me semblait-il, les sentiments de mon client :

Ma petite femme, sois certaine que je t'aime de toute mon âme, absolument, entièrement, et que l'idée que je chéris par-dessus toutes, c'est de te rendre heureuse, et pour cela d'être le meilleur et le plus affectueux des maris.

Le Vieux n'arrivait pas. Je tendais l'oreille pour entendre les trois bruits annonçant une visite, mais ce fut en vain. Un quart d'heure s'écoula, puis une demi-heure, et je compris qu'il ne viendrait pas.

21

LE PORTE-AVIONS

À la mi-août, les jours commencèrent à raccourcir, mais il faisait toujours aussi chaud et humide.

Comme il y avait moins de travail au bureau, je me promenais dans le quartier. En apparence, je ne faisais rien de spécial, je flânais, m'arrêtant ici et là pour regarder un spectacle, mais en réalité je pensais tout le temps au Vieil Homme. Il n'était pas venu chercher sa lettre, il n'avait donné aucun signe de vie et je ne l'avais pas revu en ville.

Sur la terrasse Dufferin, en fin d'après-midi, il m'arrivait souvent d'écouter un groupe de musiciens du Pérou qui chantaient des airs de folklore en s'accompagnant à la guitare, au tambour et à la flûte des Andes. J'aimais leur allure décontractée, leurs longs cheveux noirs, leur peau cuivrée, plus belle que la mienne, et je passais beaucoup de temps en leur compagnie. Cette musique rythmée faisait bouger des choses ensevelies au fond de moi, tandis que mon corps, comme un idiot, restait immobile à l'exception d'un léger battement de pied ou d'un balancement de la tête. Un jour, pourtant, un flâneur me donna l'exemple de ce que j'aurais pu faire si j'avais été normal. S'avançant au milieu du demi-cercle que les spectateurs formaient devant les musiciens, il se mit à danser; il suivait très bien le rythme de la musique, et cependant ses pieds inventaient sans cesse des pas nouveaux, et ses bras courbés s'élevaient successivement au-dessus de sa tête pendant qu'il pivotait sur lui-même : son corps tout entier était en mouvement et il me faisait penser à un grand oiseau exécutant une danse amoureuse.

Quand la musique s'arrêta, le danseur se perdit dans la foule. Je me dirigeai vers la statue de Champlain avec l'idée de marcher au hasard dans le Vieux-Québec. Toutes sortes de détails accrochaient mon regard : les jeux de la lumière sur le fleuve, un arbre plus vieux que moi, un chat dormant sur la tablette d'une fenêtre, une fille avec un énorme sac à dos, un livre nouveau dans une vitrine, le rouge ou le bleu d'une toiture... Mais c'était le Vieil Homme que je cherchais et je ne vis aucune trace de lui. Bien que la saison touristique ne fût pas terminée, sa calèche n'était nulle part.

Finalement, je me résignai à demander de ses nouvelles au Gardien. J'évitais autant que possible de recourir à ses services, car il réclamait sans cesse de l'argent, mais cette fois je n'avais pas le choix : personne n'était mieux renseigné que lui, sauf peut-être Marie, qui était en vacances.

Le Gardien n'était pas dans le minibus, ni dans la Range Rover de Kim. Je le trouvai sur le grand talus de la Citadelle. Il était tout en haut, affalé sur un banc d'où il pouvait admirer, dans la lueur mauve du couchant, les deux bras du fleuve avec l'île d'Orléans et, en diagonale, la ligne fuyante des montagnes.

En m'approchant, je vis qu'il avait les yeux fermés. Une bouteille de vin était coincée entre ses genoux. Je lui touchai le bras, m'attendant à ce qu'il me refasse le coup des Indiens, mais il se contenta de m'adresser une grimace pour montrer que je le dérangeais.

— Je ne dormais pas, dit-il. Je vous ai vu arriver, vous aviez l'air très énervé.

— Excusez-moi, dis-je.

Il me tendit sa bouteille.

— Buvez un coup, ça calme les nerfs!

— Non merci.

— J'insiste!

Sa voix était un peu agressive. Pour avoir la paix, je pris la bouteille et, ayant essuyé le goulot avec le pan de mon tee-shirt, je bus une assez longue gorgée en dépit du fait que mon estomac tolérait mal le vin entre les repas.

— Alors? fit-il.

— C'est du bon! déclarai-je. En réalité, je mentais effrontément: c'était un vin de mauvaise qualité, une infâme piquette qui venait probablement du sud de l'Ontario. Le Gardien but à son tour et m'invita à m'asseoir.

— Regardez-moi ça! fit-il en traçant, avec le goulot de sa bouteille, un arc de cercle qui englobait le panorama compris entre le Château et la pointe de Lauzon. Est-ce que c'est pas le plus beau paysage du monde?

J'étais plutôt de son avis, surtout qu'une brume légère et bleutée donnait l'impression, ce jour-là, que les petits voiliers flottaient dans l'air, mais comme je suis toujours agacé par les gens qui vantent leur terre natale, je commençai par protester:

— Disons... *un* des plus beaux!

— À quelle ville pensez-vous? demanda-t-il.

— À San Francisco. Quand vous êtes sur une colline et que vous regardez la baie, avec les deux ponts, les navires, le rocher d'Alcatraz et les bancs de brume, vous avez à peu près la même impression qu'ici.

— C'est possible. Mais ici, il y a tout de même quelque chose de spécial...

— Vous voulez dire que vous avez une façon spéciale de voir Québec?

— Exactement!

Il était fier de lui et je compris qu'il avait habilement manœuvré pour m'amener à poser cette question. Renversant la tête en arrière, il but une grande rasade sans m'en offrir; j'aimais autant.

— Bon. Expliquez-moi votre façon de voir...
— Non, dit-il. Vous d'abord.

Ma façon de voir Québec était plutôt traditionnelle. Je me lançai dans une explication avec l'espoir qu'en cours de route il me viendrait une ou deux idées originales. Après avoir évoqué en quelques mots la fondation de Québec, les étapes de son développement, la conquête par les Anglais et la résistance à l'assimilation, j'ajoutai:

— Pour représenter Québec, dans la publicité, on utilise souvent la photo du Château Frontenac. Mais le monument qui illustre le mieux l'histoire de la ville, et même du pays, c'est celui qui est juste là, derrière!

Je me retournai à demi vers la Citadelle, dont la partie la plus avancée se trouvait à quelques pas derrière nous: c'était une rotonde surmontée d'un canon qui dressait sa silhouette gris foncé, d'allure sinistre, à l'extrême limite du cap Diamant.

Le Gardien suivit mon regard.

— Je vous vois venir, dit-il. Vous allez me faire le coup de la Citadelle. Vous allez me sortir le cliché tout usé du «Bastion de la langue française en Amérique»!

— Je reconnais que c'est un vieux cliché, mais...
— En plus, ça ne correspond pas à la réalité: tout le monde sait que la Citadelle a été bâtie par les Anglais!
— Vous oubliez un petit détail, dis-je.

Il était en train de prendre une gorgée qui n'en finissait plus. Sa bouteille était dressée presque à la verticale dans le soleil, et je vis brusquement le liquide s'arrêter de couler.

— Quel détail? demanda-t-il.

— Longtemps avant l'arrivée des Anglais, dis-je, les Français ont construit, exactement à cet endroit, plusieurs fortifications parmi lesquelles se trouvaient une redoute et une poudrière. D'ailleurs, on peut encore voir les vestiges de la poudrière quand on visite la Citadelle.

Replaçant la bouteille entre ses genoux, il émit un sifflement admiratif dont je ne pouvais dire s'il était motivé par mes connaissances en histoire ou bien par son appréciation du gros rouge. Pour dissiper toute ambiguïté, je voulus conclure sur une formule percutante:

— La ville de Québec a été, et reste encore, la place forte du français en Amérique!

— J'ai une autre façon de voir, dit-il. Quand j'ai assez bu, je veux dire plusieurs bouteilles, il y a une chose spéciale qui se produit, à la condition que je ne tombe pas endormi...

— Quelle chose? demandai-je, car de toute évidence il attendait cette question pour continuer. Cette fois, il me tendit la bouteille mais je la repoussai doucement.

— Ça se passe quand je suis allongé sur le dos, poursuivit-il en quittant le banc pour se coucher dans l'herbe. On dirait qu'une partie de mon corps se détache et s'élève dans les airs... Connaissez-vous ça?

— C'est probablement votre «corps astral», dis-je avec ironie, me souvenant d'un passage que j'avais lu dans un livre de Kim.

— Ah oui?... En tout cas, j'ai l'impression de flotter très haut dans l'air au-dessus du fleuve et ça change ma façon de voir la ville. La terrasse Dufferin et le Château m'apparaissent comme un gros porte-avions qui s'apprête à larguer les amarres et à descendre le fleuve pour aller naviguer sur toutes les mers du monde...

Ses yeux rougis d'alcoolique étaient perdus dans l'immensité brumeuse. En parlant, il faisait de grands gestes qui embrassaient l'horizon, et c'est le Québec tout entier que je voyais se détacher de la rive et gagner la haute mer pour «mêler sa voix au concert des nations», comme on disait autrefois dans les manuels d'histoire.

Allongé à ses côtés, les yeux mi-clos, je me laissai envahir par les images d'un Québec voguant librement dans les eaux internationales. Soudain, des ronflements mirent un terme à ma rêverie. Le Gardien s'était endormi, complètement soûl une fois de plus, et c'est alors seulement que je me rappelai le motif de ma visite: j'étais venu lui demander s'il avait des nouvelles du Vieux. Hélas! c'était trop tard, il n'était plus en état de me répondre.

22

LE RÊVE DU JEUNE ÉCRIVAIN

Comme je ne trouvais le Vieil Homme ni sur l'Esplanade de la rue d'Auteuil ni à la place d'Armes, ni dans les endroits où l'on voyait parfois la petite Macha, je commençai à m'inquiéter sérieusement. J'en vins à me demander si l'impatience que j'avais montrée envers lui, à sa dernière visite, n'était pas la cause de sa disparition.

Un après-midi, j'eus l'idée de vérifier s'il habitait toujours à Limoilou, dans la 26e Rue. Prenant avec moi le manuscrit d'un roman que je devais évaluer pour une maison d'édition, et un sac de biscuits, je descendis à la basse-ville en minibus Volkswagen. Tout comme je l'avais fait au printemps, quand nous avions lui et moi partagé en quelque sorte les émotions d'une soirée de hockey, je me garai dans la rue qui s'ouvrait perpendiculairement à son immeuble. À la condition de ne pas attirer l'attention, c'était le meilleur endroit pour surveiller son appartement, situé au troisième étage, sans éveiller la méfiance des voisins.

Dans le Volks, je tirai complètement le rideau de la lunette arrière, et en partie seulement les rideaux des fenêtres latérales, puis je dépliai la table et entrepris la lecture du manuscrit. Il me suffisait de lever la tête pour surveiller l'appartement ou l'entrée de l'immeuble.

Le manuscrit que je devais lire avait une couverture bleue sur laquelle on voyait une moto de course Yamaha 500 ramassée sur elle-même, prête à bondir. C'était le premier roman d'un tout jeune homme et je compris tout de suite qu'il avait du talent. L'histoire démarrait rapidement, elle était racontée à vive allure et on avait envie de sauter des passages pour savoir ce qui allait arriver. Je m'efforçais de ne pas lire trop vite et je m'arrêtais de temps en temps pour jeter un coup d'œil à l'immeuble.

Lorsque je fis une pause, au bout d'une demi-heure, pour préparer du café et grignoter des biscuits, j'avais déjà beaucoup de sympathie pour l'auteur. Juste pour le plaisir, j'imaginai que j'étais son éditeur et que je lui faisais le grand jeu qui, dans mes fantasmes, s'appelait «le rêve du jeune écrivain». Par exemple, il me téléphonait pour avoir des nouvelles de son manuscrit et je l'invitais à passer me voir le lendemain matin. À la première heure, ce jour-là, il arrivait à mon bureau, inquiet et intimidé, et je commençais par lui dire que, malheureusement, je n'avais pas eu le temps de lire son manuscrit. Ensuite, je le priais de s'asseoir. Au mur, en face de lui, était affichée en gros caractères cette phrase terrible de l'éditeur américain H. L. Mencken: «Nombreux sont les écrivains qui ont gâché leur carrière pour avoir publié prématurément.» J'ouvrais le cahier bleu du jeune auteur, faisant comme si je découvrais le texte. Et puis je me mettais à lire. Je lisais toute l'histoire d'une seule traite, comme emporté par le récit et sans lever les yeux une seule fois vers mon visiteur. Arrivé au mot «FIN», je regardais ma montre avec l'air de quelqu'un qui revient de loin, et je faisais mine de quitter mon bureau, alors le jeune homme toussotait pour signaler sa présence. Je disais: «Qu'est-ce que vous foutez là?» Il répondait timidement: «C'est moi, l'auteur...» Alors je prononçais les mots que tout jeune écrivain rêve d'entendre:

«Ah oui?... Eh bien! c'est la plus belle histoire que j'aie lue de toute ma vie!»

C'était agréable d'imaginer le visage étonné et ravi de l'auteur, mais je n'oubliais pas pour autant de vérifier s'il se passait quelque chose à l'appartement du Vieux. Les rideaux étaient grands ouverts, au troisième étage, et je ne voyais personne à la fenêtre. La sirène hurlante d'une ambulance, qui fonçait probablement vers l'hôpital Saint-François-d'Assise, déchira l'air sur toute la longueur de la 26e Rue, attirant les gens aux fenêtres ou aux balcons et me transperçant le cœur, mais il ne se passa rien à l'appartement du Vieil Homme.

En buvant ma dernière gorgée de café, je décidai d'aller voir si le nom du Vieux était toujours inscrit sur la boîte aux lettres. J'entrai sans faire de bruit et je vis que son nom était bien là: SAM MILLER. Je me rendis au bout du couloir et, en jetant un coup d'œil par la porte vitrée qui donnait sur l'arrière, je constatai que la camionnette Ford n'était pas dans le parking. Je montai alors au troisième et sonnai à son appartement. Une cloche résonna sur deux tons, et je résistai à l'envie de m'enfuir à toutes jambes. Il n'y eut pas de réponse. Je sonnai une seconde fois: toujours rien.

Je redescendis l'escalier et, en dépit de ma timidité, je sonnai à l'appartement du deuxième. La porte s'entrouvrit sur un homme pansu qui portait une chemise à fleurs.

— C'est à quel sujet? demanda-t-il rudement.

— Excusez-moi de vous déranger, dis-je. Ça ne répond pas chez le vieux monsieur qui habite au-dessus, et...

— Et alors? Il n'est pas obligé! coupa-t-il.

— C'est vrai, mais je suis inquiet parce que je ne l'ai pas vu depuis plusieurs jours. Et puis les rideaux sont ouverts et on ne voit personne...

— Vous êtes de la famille?

— Oui.

Ce n'était pas tout à fait un mensonge car, en répondant par l'affirmative, j'avais pensé: «sur le plan spirituel», ce qui constituait une restriction mentale. Mais je fus très étonné de m'entendre ajouter:

— C'est mon père.

Le gros homme ouvrit la porte toute grande. Il m'examina des pieds à la tête et scruta mon visage, y cherchant sans doute les signes de la parenté dont je venais de faire état.

— Si on ne le voit pas à la fenêtre du salon, expliqua-t-il d'une voix adoucie, la raison est bien simple: il aime mieux rester dans la cuisine. Il a le droit, n'est-ce pas?

— Bien sûr, dis-je. Je n'y avais pas pensé... Mais, dites-moi, est-ce que vous l'entendez marcher de temps en temps?

Une petite femme aux cheveux frisottés s'avança derrière l'homme au moment où je posais cette question.

— Ah oui, dit-elle, on l'entend quand on est nous aussi dans la cuisine.

— Mais en ce moment, on ne l'entend pas beaucoup, dit l'homme.

— Peut-être qu'il met des pantoufles...

— Moi je ne l'ai pas vu entrer ni sortir depuis plusieurs jours.

— Et son vieux Ford n'est pas dans le parking...

Ils continuèrent à discuter entre eux comme si je n'étais pas là, puis la petite femme se tourna vers moi:

— Si vous êtes son fils, comment ça se fait qu'on ne vous voie pas plus souvent?

La question était pertinente. Je ne trouvai rien à répondre et, faute de mieux, je baissai la tête et pris un air coupable. Au moment où l'homme refermait la porte, j'eus la présence d'esprit de demander:

— Pourriez-vous me dire s'il reçoit des visiteurs? Par exemple, une très jeune fille avec le teint foncé, les yeux noirs comme du charbon et l'air sauvage?...

Ils se regardèrent.

— Oui, dit la femme, elle est venue deux ou trois fois. Elle arrivait pendant la nuit et elle passait par la porte d'en arrière.

— Un matin, je l'ai vue devant la boîte aux lettres, dit l'homme. Elle avait ouvert la boîte du vieux bonhomme. Tout à coup elle s'est retournée et j'ai cru qu'elle allait sauter sur moi et m'égratigner. Elle avait l'air d'un chat sauvage... Est-ce que ça vous est déjà arrivé de rencontrer un chat sauvage en marchant dans le bois? Je vous parle d'un vrai chat sauvage, ce que les gens appellent un *bobcat* ?...

— Oui, dis-je, ça m'est arrivé une fois...

Une image me revint en mémoire, toute racornie et en pièces détachées. Je tentai quelques instants de recoller les morceaux et quand je rouvris les yeux, le gros homme avait fermé sa porte. Je regagnai le Volks. Pendant que je roulais sur la 1re Avenue pour rentrer à la maison, l'image se précisa d'elle-même.

Le chat sauvage était assis, l'air hautain et farouche, sur un billot de bois qui faisait partie d'une digue construite par les castors à la décharge d'un lac. C'était le lac où mon père nous emmenait pêcher la truite quand nous étions petits. Certains jours, parce que la clientèle était rare au magasin, ou simplement parce qu'il voulait changer d'air, il demandait si par hasard il n'y avait pas quelqu'un parmi nous qui avait envie d'aller au chalet. C'était le branle-bas général: on mettait nos plus vieilles culottes, on «piochait» des vers de terre, on préparait un lunch à base de biscuits et de sandwiches au beurre de peanut et on s'entassait dans le petit camion qui consentait à démarrer une fois sur deux.

Ce jour-là, la pêche n'avait pas été bonne, nous avions vainement lancé nos lignes à tous les endroits où la chance nous avait souri dans le passé. Alors mon père avait levé l'ancre, laissant dériver la chaloupe au gré d'un petit vent, annonciateur de pluie, qui nous avait finalement poussés vers la digue. À dix mètres de la rive, soudain, mon père avait aperçu le chat sauvage. Il s'était dépêché de remettre l'ancre à l'eau. Il nous avait montré l'animal et, du même geste, nous avait fait signe de ne pas bouger. De toute manière, la surprise m'empêchait de faire le moindre mouvement. Avec sa tête ronde, ses touffes de poils blancs dans les oreilles et sa fourrure rousse et légèrement tachetée, le gros chat avait un air menaçant et j'étais sûr qu'il pouvait, d'un coup de rein, bondir sur nous dans la chaloupe. Mais après un moment qui me parut très long, il se leva et, nous tournant le dos, se dirigea lentement et avec nonchalance vers la lisière du bois.

Toutes les places de stationnement étant prises dans la rue Saint-Denis, je garai le minibus rue Sainte-Ursule, me disant que je le déplacerais à la première occasion pour ne pas compliquer la vie au Gardien. En entrant dans le jardin, je vis la petite Macha. Elle était assise dans l'herbe, le dos appuyé au cerisier japonais; elle tenait un livre sur ses genoux relevés et Petite Mine était couchée en boule à ses pieds. La peau brune de ses genoux et de ses cuisses apparaissait par les accrocs de son jean. Quand je la saluai, elle répondit par un signe de tête sans lever les yeux, mais je ne pouvais pas lui en vouloir: chaque livre semblait être pour elle une sorte de château où l'on avait le droit de se promener à sa guise, de négliger le monde réel et même de se perdre dans les oubliettes.

Après avoir pris une douche et remplacé mon jean par un short et mes souliers par des sandales, je décidai de monter chez Kim. Je frappai doucement à sa porte : elle m'ouvrit et m'invita à la suivre dans la cuisine où elle préparait le souper. La première chose que je vis, malgré son tablier, c'est qu'elle avait mis son plus beau kimono, celui qui était en soie bleue avec le grand papillon vert des îles Salomon dans le dos.

— As-tu passé une bonne journée? demanda-t-elle.

— Pas vraiment, dis-je. Qu'est-ce que tu fais?

— Un gratin de pommes de terre.

Comme elle avait un couteau à légumes à la main, au lieu de passer comme d'habitude ses bras autour de mon cou, elle m'embrassa sur les deux joues en gardant les mains derrière son dos, puis elle pressa tout son corps contre le mien ; la douceur de ses seins sur ma poitrine me consola de la malchance qui m'avait poursuivi une bonne partie de la journée.

Il me vint alors une très forte envie de la caresser et de me fondre en elle dans une chaleur commune. Je dénouai la ceinture de son tablier, mais presque tout de suite je fus arrêté dans mon élan par la crainte de ressembler à ces ridicules personnages de cinéma qui renversaient les femmes sur les tables de cuisine, au milieu des plats et des ustensiles, et qui s'agrippaient à la nappe, projetant toute la vaisselle par terre au moment où se produisait ce que Kim et moi nous appelions ironiquement la «secousse sismique».

Kim souriait et la lumière que je voyais dans ses yeux était si chaleureuse, si invitante que, croyant qu'elle m'encourageait, je me mis à lui caresser le dos et un peu sournoisement le haut des fesses, et à l'embrasser dans le cou et au bord de l'oreille. Elle me repoussa tout doucement et, s'étant accroupie devant la cuisinière, elle alluma la lampe du four et regarda, par le hublot, où en était la cuisson du gratin dauphinois.

— C'est presque prêt, dit-elle.
— En tout cas, dis-je, ça sent vraiment bon.
— As-tu vu la petite Macha en arrivant?
— Oui.
— Je l'ai invitée à manger avec nous, mais elle n'a pas dit si elle acceptait : elle a souri et c'est tout.
— Ah oui?

J'étais étonné et un peu jaloux, ne me souvenant pas de l'avoir vue sourire auparavant.

— Voudrais-tu lui faire signe par la fenêtre qu'elle peut monter? demanda Kim.
— Bien sûr.

En passant par sa chambre pour me rendre sur le palier de l'escalier de secours, je ne pus m'empêcher de regarder, cette fois avec appréhension, le miroir ovale de la coiffeuse encadré de cartes postales et de photos anciennes, et je m'attardai un moment sur les trois photos où l'on voyait Kim avec une petite fille.

Quand j'arrivai sur le palier, ce fut Petite Mine qui m'aperçut. La chatte comprit en une fraction de seconde qu'il s'agissait de nourriture et, abandonnant la fille, elle grimpa les marches de fer et s'engouffra dans la porte-fenêtre de la chambre.

Je sifflai doucement et Macha leva la tête.

— *Le-souper-est-prêt*, articulai-je à voix très basse, en faisant le geste de porter quelque chose à ma bouche; je ne voulais pas hausser le ton à cause des gens qui passaient dans la rue.

Elle se replongea dans son livre au lieu de répondre. Je fis comme si je ne me souciais pas d'elle mais, sitôt rentré dans la chambre, je risquai un coup d'œil par la porte-fenêtre, et je vis qu'elle venait. Elle montait lentement les marches sans abandonner sa lecture.

Dans l'appartement, elle ne salua personne et s'assit dans un coin avec son livre en attendant d'être servie. De tout le repas, elle ne laissa pas son livre, qu'elle tenait de la main gauche, à côté de son assiette, et c'est à peine si elle le quittait des yeux quand elle prenait une bouchée de gratin. C'était *L'Œil du loup,* un roman de Daniel Pennac.

Elle ne consentit à fermer son livre qu'au dessert, lorsqu'elle vit qu'il y avait des sundaes au butterscotch. Kim en profita pour lui demander de quoi il était question dans le roman qu'elle lisait. Alors la fille s'anima, ses yeux noirs jetèrent des lueurs qui éclairaient son visage buté, et elle répondit que c'était l'histoire d'un loup originaire de l'Alaska qui vivait en cage dans un zoo et s'appelait «le loup bleu». Il était borgne, il avait perdu un œil quand les hommes l'avaient capturé et, depuis ce temps, il détestait et méprisait tous les êtres humains.

La fille repoussa sa chaise et se leva, marchant de long en large dans la cuisine pour montrer avec quel mépris le loup faisait les cent pas dans sa cage. Elle marchait sans le moindre bruit, pieds nus sur le carrelage, la tête rentrée dans les épaules, les cheveux tombant sur l'œil, le corps comme chargé d'électricité. Cette fille était l'image même de la vie, et je constatai en jetant un regard vers Kim qu'elle était aussi fascinée que moi.

23

UN WEEK-END AU LAC SANS FOND

Le vendredi suivant, Kim décida d'aller passer la fin de semaine au lac Sans Fond avec la jeune Macha. Je ne fus pas invité, mais je n'y serais pas allé de toute façon parce que je n'avais pas encore trouvé le Vieux. Il avait été convenu que Petite Mine, très attachée à son arbre et à son territoire, resterait avec moi. Au moment du départ, toutefois, elle sauta dans la Range Rover et s'installa sur les genoux de la fille, qui avait raccourci son jean avec des ciseaux.

Je rentrai à la maison et fermai à clé, sans savoir pourquoi, le rez-de-chaussée que nous avions coutume de garder ouvert pour les sans-abri. Avec ce drôle de cœur que j'avais, Kim ne représentait pas toujours la même chose pour moi. Suivant les jours, elle était mon amie, ma mère ou ma sœur, et parfois même, quand les émotions se brouillaient comme une eau trouble, elle devenait une personne de mon sexe.

Ce jour-là, elle représentait plutôt ma mère, c'est pourquoi je promenai mon âme en peine dans les trois pièces de l'appartement. Finalement, je me postai à la fenêtre de la cuisine pour observer les passants, et l'image de la Range Rover et de ses occupantes s'effaça peu à peu de mon esprit, glissant vers ce lieu inconnu où vont également se perdre les rêves, les regrets et les illusions.

La disparition du Vieux continuait de m'inquiéter, mais je ne savais plus où il fallait le chercher. Le Gardien lui-même, qui était toujours au courant des allées et venues dans le secteur du Vieux-Québec, ignorait ce qui lui était arrivé. La seule chose que j'avais apprise en menant mon enquête, c'était que son cheval et sa calèche se trouvaient comme à l'accoutumée dans une étable du parc des Expositions et qu'il avait laissé de l'argent pour qu'on nourrisse le cheval durant quelques jours.

Son absence en cette fin d'août était d'autant plus surprenante que la ville était envahie par des touristes japonais, très amateurs d'exotisme et plus fortunés que les autres visiteurs. De ma fenêtre, j'en apercevais un petit groupe : ils étaient égarés au coin de la rue Sainte-Ursule, en train d'étudier un plan du quartier et, d'après leurs gestes, ils semblaient hésiter entre le Château et la Citadelle.

Tout en regardant les passants, j'essayais d'imaginer un moyen de retrouver le Vieil Homme. J'espérais avoir une idée nouvelle. Ce fut peine perdue : les idées ne me venaient jamais à la suite d'un effort de réflexion, elles arrivaient plutôt au moment où je m'y attendais le moins. Ainsi ce jour-là, j'avais décidé de sortir et, comme le temps avait fraîchi, j'hésitais entre un sweat-shirt et un vrai chandail, quand l'idée me vint que la vieille Marie était peut-être rentrée de vacances. Je téléphonai aussitôt au Relais et ce fut elle-même qui décrocha le récepteur.

Je me hâtai d'aller la voir. Elle me servit un café et lorsque je lui demandai, sans vraiment y croire, si elle avait des nouvelles du Vieux, elle répondit par l'affirmative. Elle ne l'avait pas vu elle-même, mais un des caléchiers l'avait aperçu en plein milieu de l'après-midi sur la terrasse Dufferin : il ne travaillait pas, il était accoudé au garde-fou, près du funiculaire, et contemplait le fleuve. Je déclarai à Marie que ses taches de rousseur étaient très séduisantes, puis je vidai ma tasse d'un trait pour cacher mon embarras et je me précipitai vers la Terrasse.

Le Vieux n'était pas à côté du funiculaire. Les chances pour qu'il fût encore à cet endroit étaient nulles, mais j'avais espéré, en dépit du bon sens, qu'il y serait. Alors je me mis à marcher lentement, en regardant tout le monde, avec l'intention d'explorer la promenade sur toute sa longueur. En plus des musiciens du Pérou, il y avait des jongleurs, des clowns, un homme-orchestre et un couple de vieux *crooners* américains. Je connaissais depuis longtemps tous ces amuseurs publics, mais soudain, en face du kiosque de crème glacée, je me trouvai devant une violoniste que je voyais pour la première fois.

Elle était installée en plein milieu de la promenade, son étui à violon ouvert à ses pieds, et les gens, la découvrant au dernier moment, faisaient un détour pour passer derrière elle. Vêtue d'une robe longue, de souliers fins à talons plats, elle jouait de la musique classique, les yeux mi-clos, balançant la tête avec retenue, avec même une sorte de discrétion.

Voyant que tout le monde faisait un détour, je m'arrêtai pour l'écouter. J'étais devant elle, à dix pas, en biais. Elle jouait une pièce un peu sévère, qui me semblait être une sonate de Bach. La mentonnière de son violon avait été remplacée par un bout d'étoffe en velours noir, sans doute pour la douceur du contact. À peine avais-je remarqué ce détail que la pièce se termina. Comme j'étais le seul auditeur, je ne savais trop quoi faire. Peut-être aurais-je dû mettre un dollar dans l'étui, murmurer un au revoir et passer mon chemin, mais je venais d'arriver et je n'avais entendu que les dernières mesures.

La violoniste tourna la tête vers moi, m'adressa un sourire timide et se remit à jouer; il me sembla que c'était du Mozart, mais je n'y connais pas grand-chose. Elle n'avait guère plus de vingt ans, c'était probablement une étudiante qui avait besoin d'argent. Les promeneurs continuaient de faire un crochet pour l'éviter. Je voyais bien qu'il y avait des défauts dans son jeu, mais lorsque je me rendis compte qu'elle ne jouait que pour moi et qu'elle y mettait toute son âme, les larmes me montèrent aux yeux. C'était, à bien y penser, une émotion si vive qu'elle ne pouvait venir uniquement de la musique : il y avait certainement une autre raison, qui pour l'instant m'était inconnue.

L'émotion dissipée, je fouillai discrètement dans la poche de mon jean pour trouver une pièce d'un dollar ou quatre pièces de vingt-cinq cents. J'avais bien l'intention, sitôt qu'elle aurait fini son morceau de musique, de poursuivre ma route après l'avoir remerciée d'une manière concrète. Quand elle s'arrêta, j'allais mettre mon projet à exécution mais soudain elle se tourna carrément vers moi et, avec un sourire très doux, elle me fit une révérence pour me dire sa joie d'avoir un auditeur. Sans doute estimait-elle aussi que j'avais mérité une petite récréation, car elle entama tout de suite une nouvelle pièce. C'était une gigue, la *Danse à Saint-Dilon* de Vigneault, et comme par enchantement les promeneurs s'arrêtèrent. Très vite elle eut un imposant demi-cercle d'auditeurs fort intéressés, parmi lesquels se trouvait un groupe de touristes japonais, et j'en profitai pour m'éclipser après avoir déposé un dollar dans l'étui à violon.

Je me rendis au bout de la Terrasse sans apercevoir le Vieil Homme. Au retour, voyant qu'il ne restait que deux ou trois personnes devant la violoniste, je manquai de courage et, comme les autres, je fis un crochet pour passer derrière elle.

Ensuite j'empruntai l'escalier qui longeait le Château et rentrai à la maison par la rue Mont-Carmel. Des nappes de brouillard s'accrochaient au talus de la Citadelle et le soir tombait plus vite que les jours précédents.

Je me préparai un sandwich au poulet que je mangeai sans appétit, assis sur le seuil de la porte-fenêtre donnant sur le jardin, où rôdaient les formes grises des amis de Petite Mine. Comme il ne faisait pas tout à fait nuit, je pouvais voir que les feuilles de la vigne, au-dessus de l'Arbre à chats, étaient maintenant d'un rouge vif. Je lançai des morceaux de poulet aux chats, puis je rentrai.

Après avoir erré longuement dans la maison vide, montant et descendant les étages, j'entrai dans mon bureau. J'arpentais la pièce comme d'habitude quand j'aperçus, fixé au mur sous la photo du *Scribe accroupi*, un bout de papier sur lequel je reconnus l'écriture de Kim. Je m'approchai. Elle m'invitait à monter chez elle; quelque chose de spécial m'attendait dans sa chambre.

Intrigué et un peu inquiet, je montai l'escalier et poussai la porte de sa chambre. Avançant à tâtons dans la pénombre, j'allumai la lampe qui se trouvait à la tête du lit et je découvris un livre que je ne connaissais pas sur la table de chevet. D'abord je tirai les rideaux, pour me protéger des voisins d'en face, puis j'examinai le livre. C'était *Le Vieux qui lisait des romans d'amour,* de Luis Sepulveda. À l'intérieur, une note de Kim sur papier bleu disait: «Je te laisse cette histoire pour t'aider à passer le temps: elle me fait penser au petit vieux que tu cherches. Je t'aime. Kim.»

J'emportai le livre dans son bureau, qui était une sorte de compromis entre un cabinet de psychologue et une salle de physiothérapie. J'aimais beaucoup la table de traitement à positions multiples, ainsi que le tatami et la grande berceuse, mais le meuble qui m'attirait le plus était le fauteuil de relaxation.

Pour lire, rien n'était plus confortable que ce fauteuil et je l'utilisais chaque fois que je pouvais. Il ressemblait aux chaises longues et rembourrées que l'on trouve dans les centres de collecte de sang. On y était assis le dos incliné, les genoux relevés, les bras soutenus par de larges accoudoirs : c'était la position idéale pour ceux qui, comme moi, étaient affligés de douleurs lombaires. Et puis, il régnait dans la pièce une atmosphère un peu trouble, faite de petits riens et de choses inventées qui s'emmêlaient pour mon plus grand plaisir : des effluves de pommade citronnée, des glissements furtifs de mains sur la peau, des murmures et des confidences, peut-être même des mots doux et des caresses.

Bien calé dans mon fauteuil, je commençai à lire, et la «petite musique» de l'auteur ne tarda pas à produire son effet : dès la première page, je me sentis proche du vieux dont il était question dans le titre et qui s'appelait rien de moins que Antonio José Bolívar Proano. Il vivait tout seul dans une cabane en bambou sur les bords du fleuve Nangaritza, au Pérou. Il avait comme moi un mal de dos qui l'empêchait de rester longtemps assis. Alors ses romans d'amour, il les lisait debout, accoudé à une table haute spécialement construite pour manger et pour lire, en face d'une fenêtre qui donnait sur le fleuve. Une de ses manies me faisait bien rire : il avait un dentier qui lui avait coûté très cher et, pour ne pas l'user inutilement, quand il était certain qu'il ne parlerait plus à personne du reste de la journée, il le retirait et le mettait au fond de sa poche, enveloppé soigneusement dans son mouchoir.

Comme il était un expert en forêt amazonienne, le vieux fut chargé de suivre la trace d'un félin –

un ocelot vraisemblablement – que l'on soupçonnait d'avoir tué un homme. Il s'enfonça dans la forêt et je suivis la piste du félin avec lui pendant un certain temps... puis à ma grande honte je m'endormis dans mon fauteuil trop confortable. Je fis un rêve peuplé de chats sauvages, de loups borgnes et d'ocelots féroces.

Quand je me réveillai, il était l'heure d'aller dormir, mais bien sûr je n'avais plus sommeil. En regardant par la fenêtre, je vis que le brouillard s'était épaissi, ce qui était un signe avant-coureur de l'automne. Je décidai de sortir et de me promener aux alentours.

24

UN BROUILLARD
QUI MONTAIT DU FLEUVE

De toute ma vie je ne me souvenais pas d'avoir vu un brouillard aussi épais. Il montait du fleuve et envahissait le quartier situé à l'intérieur des murs, donnant à toutes choses un aspect irréel, fantomatique.

Comme je traversais la rue Saint-Louis, le clocher de l'église Notre-Dame-du-Sacré-Cœur sonna deux heures du matin. Plus loin, au coin de la rue Sainte-Anne, tandis que je me demandais si j'allais prendre la direction de la rue Saint-Jean ou bien celle du fleuve, qui m'attirait comme toujours, j'entendis venir une calèche. Il me sembla reconnaître la très légère claudication propre au cheval du Vieil Homme. Me rejetant en arrière, je me dissimulai dans une entrée d'immeuble. C'était mon imagination qui m'avait joué un tour, car lorsque la calèche passa devant moi, aussitôt avalée par le brouillard avec sa lanterne qui se balançait à l'arrière, j'eus le temps de voir que celui qui tenait les rênes n'était pas le Vieux.

Cet incident me donna l'envie de vérifier une nouvelle fois si la calèche du Vieil Homme ne se trouvait pas à la place d'Armes. Quand j'arrivai à cet endroit, j'aperçus deux calèches garées l'une derrière l'autre dans la rue qui montait vers le Château. M'approchant davantage, je vis que l'une d'elles était la calèche du Vieux : je reconnaissais son cheval gris pommelé, mais le cocher n'était pas là.

— Vous avez le goût de faire un tour?

C'était le conducteur de la deuxième calèche. Il était assis sur le siège avant, une couverture de laine autour des épaules. Sa voix douce et enjouée s'élevait comme un peu de musique dans la brume, et il avait des cheveux longs, attachés sur la nuque, si bien que je n'arrivais pas à décider si c'était un homme ou une femme. Je montrai du doigt la calèche sans conducteur:

— Non merci, je voulais seulement dire un mot au Vieux.

— Monsieur Miller? fit la voix douce. Il est absent.

— C'est ce que je vois, mais il ne doit pas être bien loin, puisque sa calèche est là...

— Vous êtes de la police?

— Quoi?... Mais non, pas du tout!

Je protestais vigoureusement, mais à la vérité j'étais content de voir que l'entourage du Vieil Homme essayait de le protéger. Et surtout, je me réjouissais d'avoir enfin retrouvé sa trace.

— Il est allé se promener, dit la voix douce.

— De quel côté?

— Par là.

Une main gantée sortit de sous la couverture de laine et indiqua le bureau de poste, à gauche de la terrasse Dufferin.

— Merci, dis-je.

— On pensait qu'avec cette brume les amoureux auraient envie de faire un tour de calèche. La brume, c'est romantique... En une seule nuit, on peut gagner autant d'argent qu'en une semaine complète, mais il faut une brume légère, une brume qui s'effiloche... Cette nuit, elle est trop dense, les gens ne voient rien et ils ont peur. On s'est mis le doigt dans l'œil. On était trois calèches et il y en a déjà une qui est partie.

— Merci beaucoup, dis-je. Et bonne chance pour le reste de la nuit!

— Si vous voyez monsieur Miller, dites-lui que je vais bientôt rentrer moi aussi.

Je fis signe que oui et j'esquissai un geste d'adieu qui pouvait s'adresser aussi bien à une femme qu'à un homme, puis je me dirigeai vers le bureau de poste.

Plus on approchait du fleuve, plus le brouillard était épais. Les lueurs jaunes et vertes, qui faisaient habituellement une couronne de lumière sur la tour principale du Château Frontenac, avaient disparu et les rares fenêtres allumées paraissaient suspendues dans le vide. Je distinguais cependant la silhouette sombre du monument de Champlain et, à l'arrière, les premiers lampadaires de la Terrasse.

Tournant le dos au fondateur de Québec, je pris la rue du Fort en jetant un regard dans tous les recoins, y compris dans les marches des nombreux escaliers qui entouraient l'entrée secondaire de la poste et la statue de Monseigneur de Laval. Tous les dix pas, je faisais un crochet pour examiner l'un ou l'autre des endroits où les familiers du Vieux-Québec avaient coutume de flâner, puis je reprenais mon chemin. En fait, je ne voyais presque rien et l'humidité me pénétrait jusqu'aux os.

Au sommet de la côte de la Montagne, je décidai de ne pas m'engager tout de suite dans la descente. Il me paraissait plus logique d'inspecter d'abord le parc Montmorency et le début de la rue des Remparts. J'entrai dans le petit parc, essayant de ne pas marcher sur les feuilles et les branches mortes. Mon intention était simplement de décrire un demi-cercle et de rejoindre ensuite la rue des Remparts en face du Grand Séminaire. Mais soudain, j'aperçus le Vieux : il était penché au-dessus du parapet de pierre qui surplombait la falaise, dans le coin le plus proche de la côte de la

Montagne. En dépit du brouillard, je reconnus facilement sa longue silhouette et son chapeau.

Je restai figé sur place, me demandant avec inquiétude ce qu'il faisait là, penché en avant, les mains sur le parapet. Il se redressa et alluma une cigarette; la flamme de son briquet jeta une lueur jaune dans le brouillard. Devinant qu'il allait se retourner et quitter le parc, je me dissimulai derrière le socle de la statue de George Étienne Cartier. Quelques secondes plus tard, il passait à côté de la statue et disparaissait dans un court escalier menant au trottoir gauche de la côte de la Montagne. Je laissai le bruit de ses pas décroître un moment dans la nuit, puis je me mis à le suivre.

Dans la côte, il m'était impossible de le voir, car le brouillard était encore plus épais. J'entendais cependant le bruit de ses grosses chaussures. Et comme j'avais mes souliers de tennis, lui ne pouvait pas m'entendre.

Juste avant l'endroit où la côte tourne à gauche, je m'arrêtai pour écouter. Le bruit des pas résonnait différemment, ce qui voulait dire que le Vieux avait emprunté le grand escalier qui, en trois volées, conduisait aux petites rues de la basse-ville. Je descendis les deux premières volées en courant, et la dernière plus lentement. Au bas de l'escalier, sans doute parce qu'on était au niveau du fleuve, le brouillard ne formait plus une masse compacte: il s'éparpillait en nappes qui glissaient au ras du sol. Dans la rue Sous-le-Fort, les pavés humides brillaient par intermittence à la lueur des lampadaires.

Des pas sur la gauche attirèrent mon attention. Alors je devinai, entre deux bancs de brume, la silhouette voûtée du Vieil Homme qui tournait le coin de la ruelle aboutissant à l'église Notre-Dame-des-Victoires. Impossible de dire s'il m'avait aperçu ou non. Je me rendis sur la pointe des pieds à cette intersection et, quand il traversa en biais la place Royale, je le laissai prendre un peu d'avance. Je ne savais pas ce qu'il avait en tête, mais j'étais heureux de ne pas l'avoir perdu dans la nuit. J'attendis quelques instants avant de reprendre ma filature. Complètement déserte, la place Royale faisait penser à un décor de cinéma; la brume donnait un air mystérieux aux façades et aux monuments, et alors plusieurs scènes du *Troisième Homme*, accompagnées d'une musique jouée à la cithare tzigane, défilèrent dans ma tête.

À mon tour, je quittai la place Royale. J'aperçus le Vieux au bout d'une ruelle qui menait droit au fleuve: il ne lui restait plus qu'à traverser la rue Dalhousie. Il allait le faire, quand un taxi roulant trop vite dans le brouillard faillit le renverser. Je le vis alors se diriger vers la première intersection; il attendit que le feu passe au vert, puis il traversa la rue et se mit à arpenter le quai de la Pointe-à-Carcy.

Sur le fleuve s'était levée une petite brise qui commençait à disperser la brume, et je risquais d'être repéré. Alors je me rendis jusqu'à la rue Saint-Jacques, où je m'aperçus que je pouvais, au besoin, m'abriter derrière un mur du Musée de la Civilisation. Sur le quai, le Vieil Homme marchait la tête basse, les mains dans les poches de son imper, le chapeau sur les yeux. Je me collais au mur de l'immeuble quand il venait de mon côté. Un bateau d'excursion complètement endormi était rangé en face de l'embarcadère. Mon cœur se serrait chaque fois que j'entendais mugir les cornes de brume des navires qui glissaient, à peine visibles, sur l'eau.

Tout à coup, le Vieux s'arrêta. Se tournant vers le fleuve, il s'avança jusqu'au bord du quai et je cessai un moment de respirer. Dans la brume qui se dissipait, je le vis poser un pied sur un bloc de ciment servant de butoir et incliner le buste comme pour regarder l'eau filer vers la mer. Subitement la lumière se fit dans mon esprit. C'était une idée si simple, si claire que je me demandai pourquoi je n'y avais pas songé plus tôt: le Vieil Homme, comme moi-même à cause de mon cœur, pensait beaucoup à la mort; elle l'attirait et lui faisait peur en même temps, et c'était à elle, même s'il ne le savait pas encore, que s'adressaient les lettres qu'il m'avait demandé d'écrire à sa femme. La mort était pour lui une femme attirante et dangereuse.

Lorsqu'enfin il se redressa et quitta le bord du fleuve, j'éprouvai un immense soulagement. La brume s'était presque complètement levée. Il s'éloigna en direction de la haute-ville et j'entendis le bruit familier de ses grosses chaussures décroître dans la nuit froide.

Je ne le suivis pas.

25

UN FROISSEMENT D'AILES

La première chose que fit mon amie Kim, le dimanche soir, en revenant de la fin de semaine qu'elle avait passée au lac Sans Fond avec Macha et Petite Mine, ce fut de m'inviter à boire un verre chez elle.

Dans l'escalier intérieur, je croisai la jeune Macha qui descendait à toute vitesse, un livre sous le bras. Quand je lui souhaitai le bonsoir, elle fut incapable de me répondre parce qu'elle était en train d'avaler une grosse poignée de chips. Son visage, ordinairement buté, était éclairé par une lumière semblable à celle qu'on voit dans les yeux d'un animal apprivoisé. Elle portait des vêtements neufs: un sweat-shirt à capuchon bleu marine, un jean d'un bleu qui était le préféré de Kim et des bottines Reebok noires qui lui donnaient fière allure.

Kim était dans la cuisine. Elle me tendit un demi-verre de muscat très frais, puis se ravisant elle m'embrassa sur la bouche en suivant le contour de mes lèvres avec la pointe de sa langue. C'était un peu inattendu: pour nos retrouvailles, elle avait plutôt l'habitude de se coller sur moi pour me faire sentir toute la chaleur de son corps.

Avec des gestes un peu nerveux, elle fouilla dans le frigo et en sortit une marmite dont elle souleva le couvercle, puis elle alluma la lampe fluorescente de la cuisinière pour en examiner le contenu.

— Il reste du pot-au-feu de l'autre jour, dit-elle. Veux-tu manger avec nous?

— Avec plaisir!... Est-ce que la petite Macha va revenir?

— C'est ce qu'elle a dit, mais elle n'a pas précisé à quelle heure.

— Ça s'est bien passé, cette fin de semaine au lac?

— Oui, mais le temps s'est mis au froid. C'est comme si l'automne était arrivé d'un coup. Au lieu de se promener en canot, on est restées dans le chalet, on s'est installées sur le divan avec des couvertures de laine et on a fait du feu dans la cheminée.

Elle but une gorgée de muscat. Je crus voir sur son visage la même lumière douce que sur celui de la fille, mais elle me tourna vivement le dos pour faire chauffer le pot-au-feu.

— Et ici? demanda-t-elle.

— C'est pareil, dis-je. Dans le jardin, toute la vigne est devenue rouge presque du jour au lendemain.

— Faut croire qu'il a gelé pendant la nuit.

— Oui, dis-je. Ensuite je me tus, pensant qu'elle allait me demander si j'avais des nouvelles du Vieux... Elle n'en fit rien; elle semblait avoir oublié que cette question avait été mon principal souci au cours des dernières semaines. Je ne pouvais pas lui en vouloir, elle avait ses propres inquiétudes.

Chaque automne, les demandes d'aide arrivaient de toutes parts. Il lui fallait accueillir de nombreux patients qui, à l'approche du froid, avaient un besoin accru de réconfort et de chaleur humaine. De mon côté également, le travail ne manquait pas: en plus des habituels curriculum vitæ, je m'étais engagé à réviser l'autobiographie d'une ex-vedette de la chanson et à établir un lexique anglais-français des termes sportifs.

— Tu es sûr que ça va? demanda Kim.

— Mais oui, dis-je, je pensais à mon travail et au tien.

— Pour ce qui est du mien, il y aura un petit changement : ce sera difficile, mais je vais essayer de ne plus travailler la nuit.

— C'est vrai?

Elle fit oui de la tête et but plusieurs gorgées de suite en m'observant par-dessus son verre. Je demandai :

— À cause de Macha?

— Oui, dit-elle. Tu es content?

— Bien sûr.

Elle croyait peut-être que je me réjouissais de la venue de Macha... Ce qui me rendait heureux, en fait, c'était la pensée que je n'allais plus être réveillé au milieu de la nuit par les vibrations métalliques de l'escalier de secours, et que je n'éprouverais plus une secrète et honteuse jalousie en voyant passer devant ma fenêtre les ombres qui montaient vers l'étage du dessus.

— As-tu faim? demanda-t-elle.

— Un peu, dis-je. Et toi?

— Moi aussi. Elle retira le couvercle de la marmite et, ayant remué le pot-au-feu avec une cuiller en bois, elle goûta le bouillon.

— C'est prêt, dit-elle. Tu veux manger tout de suite?

— Je veux bien.

Il y avait trois couverts sur la table. Je lui apportai nos assiettes et elle nous servit. Le pot-au-feu était encore très bon. Après le souper, Macha n'était toujours pas rentrée. Kim prit ma main et m'emmena dans sa chambre comme elle l'avait fait des dizaines de fois auparavant, avec ce mélange de tendresse et de fermeté qui me convenait parfaitement.

En entrant dans la chambre, je vis le sac en toile kaki que Macha avait apporté, sur lequel en lettres noires apparaissait l'inscription US ARMY: il était suspendu par une courroie à la poignée de la porte. Il n'avait rien de spécial à part le fait qu'il contenait tout ce que la petite Macha possédait en ce monde, mais quand je l'aperçus, accroché à la poignée, je ne pus m'empêcher de le voir comme l'emblème d'un combat victorieux. Cette idée me donna le fou rire et j'étais encore agité d'un rire nerveux au moment où Kim se mit à me déshabiller.

— Pourquoi tu ris? demanda-t-elle.

Je ne pouvais pas lui répondre, car c'était le genre d'idées qui paraissent deux fois plus absurdes et ridicules quand on essaie de les expliquer. Devant mon silence, elle prit un air vexé, me renversa sur le lit et commença à me chatouiller en m'enlevant le reste de mes vêtements.

— Je ris pour rien, dis-je.

— Pour rien? Es-tu sûr? fit-elle en me chatouillant sous les bras et sur le ventre. J'étais à sa merci, tout nu, je me tordais de rire, j'avais les larmes aux yeux et je la suppliais de s'arrêter.

Ses chatouillis durèrent une éternité, puis s'apercevant que les larmes menaçaient de l'emporter sur le rire, elle se mit à me caresser avec une douceur qui me rappela nos premières rencontres. J'entrepris de lui retirer ses vêtements à mon tour et c'est à ce moment que Macha parut dans l'encadrement de la porte. Il n'y avait pas eu de bruit dans l'escalier ni dans la cuisine.

Elle fit un pas en arrière.

Kim tira le drap pour nous couvrir jusqu'à la ceinture.

— Je dérange? demanda la fille, d'une voix qui s'entendait à peine.

— Mais non, dit Kim.
— Pas du tout, dis-je.

Ce mensonge éhonté me valut, de la part de Kim, un sourire qui était comme le prolongement des caresses interrompues. Ensuite elle demanda à la fille :

— Veux-tu manger?
— J'ai pas faim, répondit-elle. Elle avait la tête basse, une mèche frisée lui masquant un œil, le dos appuyé au chambranle de la porte.

Kim se dressa sur un coude avec un sourire entendu qui signifiait «On dit ça, on dit ça...». Elle esquissa un mouvement pour se lever, mais alors Petite Mine, qui était entrée dans la maison avec la fille, sauta sur le pied du lit et se mit à se lécher les pattes et à les frotter sur son museau : elle avait probablement vidé la marmite de pot-au-feu et nettoyé les assiettes que nous avions laissées sur la table.

Sa toilette achevée, Petite Mine commença à fureter sur le lit, cherchant visiblement un moyen de se glisser sous le drap. Kim souleva celui-ci, aida la chatte à s'installer bien au chaud et se rangea de mon côté pour lui faire de la place. Elle tendit ensuite la main vers Macha.

La fille s'approcha, les yeux baissés, et s'assit sur le bord du lit. Elle ne disait rien et on n'entendait que le ronronnement de Petite Mine sous le drap et, de temps en temps, le bruit d'une voiture dans l'avenue Sainte-Geneviève. Après une ou deux minutes, Kim souleva de nouveau le drap et je retins mon souffle pendant que la fille se glissait dans le lit.

Ce n'était qu'une toute jeune fille, encore une enfant, et j'aurais presque juré avoir entendu un froissement d'ailes quand elle s'était glissée sous le drap, mais il y avait en elle quelque chose de dur comme un diamant, quelque chose de pur et d'intransigeant qui me fit comprendre que mon séjour dans la maison de briques rousses touchait à sa fin.

Kim me tourna carrément le dos. Elle et la fille caressèrent Petite Mine un long moment, puis elle prit la petite dans ses bras et je vis, en louchant de leur côté dans la pénombre, qu'elles faisaient toutes les deux très attention de ne pas écraser la chatte. Comme je n'avais pas de vêtements, il m'était difficile de partir, mais au bout d'une demi-heure environ la régularité de leur respiration me révéla qu'elles s'étaient endormies. Je me levai discrètement. Personne n'est meilleur que moi pour quitter un lit sans déranger.

Après avoir ramassé mes vêtements, je descendis chez moi par l'escalier intérieur. Petite Mine décida de m'accompagner et sauta silencieusement hors du lit. J'ai toujours admiré comment les chats descendent les marches avec souplesse en un seul mouvement très coulé, comme s'ils glissaient sur une pente glacée. Dans ma chambre, je lui ouvris la porte-fenêtre et, sortant un instant avec elle, je restai tout nu sur le palier. Je la vis dévaler l'escalier de secours, faire le tour du jardin en reniflant les odeurs puis grimper à sa place habituelle, sur la plus haute planchette de l'Arbre à chats. L'air était anormalement frais pour la saison, il y avait un halo autour de la lune et, en rentrant, je me rappelai que la météo avait annoncé qu'on pouvait s'attendre à voir la première neige.

Je me rhabillai très vite à cause du froid. Après avoir mis quelques affaires dans une valise, je m'allongeai un moment pour me reposer. Je m'endormis et rêvai que la première neige était arrivée.

Elle tombait sur le jardin, sur l'Arbre à chats et aussi sur mon lit.

Printemps 1997

TABLE

1. Un étrange visiteur 9
2. Kim 13
3. Lumières dans la nuit 16
4. Le Relais de la place d'Armes 23
5. Rencontre dans une librairie 29
6. Une cliente parmi d'autres 36
7. La soirée du hockey 41
8. Fermé pour cause de nostalgie 48
9. Chacun sa nuit 52
10. Une passerelle entre le corps et l'âme 61
11. La deuxième visite 70
12. L'écrivain qui ne savait pas dire non 76
13. Va écrire tes histoires, petit! 85
14. Un S.O.S. de Kim 94
15. Acapulco 103
16. Old Orchard Beach 111
17. La troisième visite 125
18. L'invraisemblable détective 135
19. Un humoriste 143
20. La quatrième visite 149
21. Le porte-avions 156
22. Le rêve du jeune écrivain 162
23. Un week-end au lac sans fond 171
24. Un brouillard qui montait du fleuve 178
25. Un froissement d'ailes 184

OUVRAGE RÉALISÉ
PAR DÜRER *ET AL*. À MONTRÉAL

ACHEVÉ D'IMPRIMER
EN FÉVRIER 1998
SUR LES PRESSES DE L'IMPRIMERIE AGMV
CAP-SAINT-IGNACE (QUÉBEC)
POUR LE COMPTE
DE LEMÉAC ÉDITEUR, MONTRÉAL
ET DES ÉDITIONS ACTES SUD, ARLES

DÉPÔT LÉGAL
1re ÉDITION : 1er TRIMESTRE 1998
(ÉD. 01/ IMP.01)